铁葫芦 | 文艺馆

铁葫芦

侯文咏 著

I Just Can't Help Laughing

# 我就是忍不住笑了

九州出版社
JIUZHOUPRESS

# 目 录

## 卷二

# 看电影可以不要尖叫吗?

卷三

## 励志故事人人爱

卷四

## 爱情诡辩

## 卷五

## 呛呛呛呛，呛呛呛

# 序：我可是干杯了哦，你呢？

序

# 我可是干杯了哦，你呢？

二〇〇九年，我在脸书（facebook）粉丝专页开始发表文章。

本来，对于所谓的“粉丝专页”我是很犹豫的，总觉得这样做有“商业”“偶像化”的嫌疑，违背自己的写作初衷。不过，随着在专页上发表的一些小文章得到读者们老友般的亲切回应，我克服了某种近乎洁癖的恐惧感。我发现，许多朋友——不管是过去的读者、听众或者是新认识的网友，都跟我一样享受这样的交流。渐渐地，我在这里发表更多的生活见闻、随笔，更多朋友也纷纷加入这个园地，在这里贴留言，或贴文、贴图、贴链接，让我感受到出乎意料的热情。

我在这个地方得到的经验和过去在传统媒体完全不同。首先，这里不受时间、空间、规格、收视率等限制，不但实时、直接，并且随意、随缘，想说就说，不想说时也没有非说不可的压力。更理想的是，必须是对你有兴趣或“点赞”的人才能来到这里参加互动。这使得这个专页既拥有主动性，又不干扰其他不相干的人，创造出了一种既有媒体似的开放性，又有“好朋友聚会”似的封闭性社群。

我玩兴大发，除了常在上面随手发表一些生活随笔，还不断地在这个专页上试试一些没做过的事，诸如征求网友贴文、回应读者困惑、为朋友的爱情疑难杂症公开征求顾问，或者针对某些生活情境做意见调查（叫“蚵仔煎”还是“鸡蛋海蛎饼”对大陆客更有吸引力？），甚至在肠枯思竭时公开征求我创作剧本中需要的情节……

记忆最深刻的一次是我心血来潮，在脸书的粉丝网页上办“欢乐派对”。我从派对的三天前开始预告，届时，派对将从晚上六点钟持续到次日凌晨一点钟，我将开放专页涂鸦墙，以“那些让我觉得快乐的事”为主题，让大家自由提问，和所有朋友一起共享。

派对当天，我像个紧张的主人，从下午五点半起就开始在网页上预告了。不但如此，我还贴了 YouTube 上我喜欢的音乐链接，为即将开始的派对暖场。

看我一个人戴着耳机在电脑前面摇头晃脑，雅丽小姐问我：“你在干什么？”

“啊？”我拿下耳机。

“你在干什么？”

“开 party。”

“开 party？”她一脸不以为然的表情。

“嗯。跟几十万人一起开 party。”

“几十万人？”显然规模庞大，雅丽小姐有一点兴趣了，“在哪里？”

我指了指电脑荧幕。

“真的假的？”

“真的。”

我把计划告诉雅丽。她听完只是摇头说：“你别发神经了，我看啊，到时候一个人都没有，只有你一个人在那里自high……”

被这么一说，我心里蒙上了一层阴影。不过，我还是嘴硬地说：“会的，到时候一定会有一个体育场都装不下的人来参加我们的party。”

六点整，我在网页上贴上了黑眼豆豆的*I Gotta Feeling*（歌词里重复出现Tonight's gonna be a good night)的YouTube链接，并且开放了“涂鸦墙”的权限给所有人，我宣布——派对开始!

我一边听着黑眼豆豆的音乐，一边好奇地另外打开一个新网页，想看看到底有没有人来参加我的派对。

新网页一出现，我惊讶地发现刚刚贴上去的音乐链接已经不见了。

明明音乐还在耳边响着啊……不会吧？消失了？网页偏偏这时候出问题？我屏气凝神，又按了几个click之后发现，原来黑眼豆豆的YouTube链接已经被后来的贴文冲到第七页去了。

“天啊——”

我不敢相信自己的眼睛，又刷新了一次网页，结果原来的贴文又被更多的留言挤到下面两三个网页了。又刷新一次网页，结果仍然一样。

“怎么了？”我的叫声引来雅丽的关切。

“客人……”我压抑不住激动的心情，指着荧幕说，“都来了。”

雅丽站在我的身后，用不可思议的眼光，看着在我的刷新下，一篇又一篇的贴文河流似的在荧幕上流动着。

没想到一个人在家里也可以这么 high……

这些留言的情绪都跟我一样惊讶，一派兴奋、高亢。我又随手打开一个链接。

侯大，真的是你吗？读你的书快二十年，从来没有想过有一天会和你一起开 party。太兴奋了，送上我最爱的一首歌！祝大家今晚都能 high 到最高点。

热情的网友们贴上来的音乐数量多到根本来不及消化，只能听完一首,随着画面刷新随机跳出最新的链接,就听哪一首。我就这样，在情绪高涨的 high 歌之中，尽情打开留言，忙着回应。

各式各样的贴文、图片、音乐、影片都有。有人传上对彼此的祝福，有人传上自己小孩学走路的影片，也有人传上不同时期在演讲、签名的场合与我合照的照片。还有人宣布今天是自己的生日，立刻有朋友传上来各式各样的生日快乐歌……

兴致一来，我找出几本拙作，签名、拍照、上传。

有奖征答：在一场正式的四百米赛跑中，你奋力向前跑，超越了最后一名，你是第几名？请在下面的留言栏留言。猜对的人我要自己掏腰包送签名书。只有十本书噢，动作要快。好，现在开始。

才发文，留言栏立刻塞满了各式各样的答案。（标准答案卖个关子。提醒大家，“倒数第二名”不是标准答案。）

我找出前十名答对的朋友，发信去问他们的住址和真实姓名、联络电话，不到五分钟，十个朋友的住址、电话和真实姓名已经发到我的信箱了。

看着这些个人资料，我心想：天啊，大家对我未免也太信任了吧？

音乐忽然停了。我又刷新了一次网页，发现我已经错过十几个页面了。我随手又点了一首网友贴上来的音乐，耳畔又恢复了响声震天的热闹。派对欢乐的气氛持续着，我感觉得到，陆续有更多的朋友加入这个川流不息的欢乐派对。

一切对我来说都新鲜、惊喜、前所未见。

有读者传上来他最喜欢的景点，也有读者传上来他最爱的餐厅、最不可错过的菜单，还有读者传上来她的新生儿的照片。她说，她开始读我的书的时候是个憧憬爱情、婚姻的中学小女孩，现在她已经身为人母了，她很喜欢自己的丈夫、孩子，喜欢自己的生活，想和大家分享自己的快乐……

还有远在日本读书的读者，告诉我，日本下雪了。东京的雪夜，她一个人在遥远的北国感受这来自家乡的温暖，泪流满面……

就这样，我一个人在书房，拥有了分布于世界各地的朋友的陪伴，一点也没有感觉到时光流逝。我把电脑接上音响，让歌曲从音响中播放出来。我点开了一个又一个的留言、一张一张的照片、一首一首的歌、一段一段的影片和文字，热闹、嘈杂、喧嚣……

网页上，有大剌剌地对全体发言的贴文，也有志同道合的小社群在某个话题底下各自聊开，最夸张的是连网购的人都上来促销他们的产品了……高亢的音乐声中，时间、空间的隔阂消失了，人与人之间的距离感也消失了，几万人就这样在网页上流动着，此起彼落的起哄、笑声，仿佛可以触摸，可以看见、听见。

一切是那么地栩栩如生，一切又是那么不真实。

专页上，一则新留言映入我的眼帘：

侯老师，过了很久之后，我还是常常会想起那件事。谢谢你。我是谢政杰，我一切都好，我会继续长大，请不用为我担心。

谢政杰是《危险心灵》里面那个十五岁的叛逆青少年。我笔下的虚构人物当然不可能写信给我。只是，这个留言让我会心一笑，感到一种无比的温暖。写过脍炙人口的小说《包法利夫人》的福楼

拜曾说 :“包法利夫人就是我。(Madame Bovary, c’est moi.)”

我相信，任何作者或读者，只要被故事中的人物感动，他们的内心世界都曾经将心比心地与那个角色合二为一。从某个角度来说，谢政杰就是我们，是任何一个曾被他的故事感动的人。

读着这段留言，我不由自主地想起了饱受挫折的谢政杰在《危险心灵》最后的篇章里决定不再说话，落寞地被安排去看精神科医师的画面。那时候，谢政杰说 :

我常常想，如果人与人之间，在一起的目的都只是单纯地为了像这样了解彼此，那该有多好……

在这么一个充满矛盾、冲突、猜疑、对立的现实世界里，和一群如此熟悉的陌生人，用着这么特别的方式，共同分享灵魂深处对美好的共同渴望，想着如此的因缘际会，分不清楚到底是感动还是感伤，我发现自己的眼眶已经潮湿了。

我决定去找瓶红酒来，打开，为自己，为这么多未曾谋面的朋友，为这个热闹的场合干上一杯。

一杯红酒下肚之后，我一手拿着手机，一手拿着红酒杯，开始自拍，并且传上脸书专页。

“干杯啦！”我说。

“好主意！”立刻有人回应。

还有人表示，要立刻到楼下便利商店买酒。

不久，网页上充满了各式各样举杯的朋友的照片，有独照的也有合照的。

“在家里开 party 最过瘾了。”有人说。没有酒驾问题，也没有安全问题，更不用担心坏人就在你身旁！

各式各样的干杯祝福蜂拥而出，祝畅销的、健康的、致富的、心想事成的，祝福社会、祝福国家天下太平的……

“乎搭啦（喝干啦）。”这样的声音此起彼落。

就在我几乎都闻到了从荧幕上散发出来的酒精味道时，另一则令人兴奋的留言也出现了。

还记得我吗？写过这首诗的：

与君歌一曲，请君为我侧耳听。钟鼓馔玉不足贵，但愿长醉不复醒。古来圣贤皆寂寞，惟有饮者留其名……

哈，我拍手叫好，要不是李白穿越时空来了，就是我们的派对变成主题派对了。不打紧，有缘无缘大家来做伙，烧酒喝一杯，乎搭啦——

这首《将进酒》我小时候背过。我开始一句一句地和李白一起

五花马，千金裘，呼儿将出换美酒。

唱和，交互朗诵。

主人何为言少钱，

(噢哟，当主人的说什么没钱嘛。)

径须沽取对君酌。

(只管去买酒来喝就是了。)

五花马，千金裘，呼儿将出换美酒。

(你们家什么 BMW、Chanel 都拿去卖了吧，叫你儿子拿钱去买酒来喝。)

与尔同销万古愁。

(人生海海，海海人生啦，让咱们就这样喝到天长地久吧……)

夜渐渐深了。越来越多的人举起了酒杯，把照片发上来，加入了这场欢乐的派对。我把喝光了的酒杯、酒瓶拍下来，传上去。写着：

我可是干杯了哦，你呢？

像这样。

我可是干杯了哦，你呢？

更多干杯照片被情意十足地贴上来。

我可是干杯了哦，你呢？

像是山谷的回声似的，同样的回应被贴上来，又贴上来。

更好玩的是，还有人贴上来各式各样的下酒菜……

光是看照片上的那个空酒瓶，大概不难猜出那晚我的神志状态。我甚至企图模仿相片中网页左上角的照片那样，坐到一大沓书本上，拍照上传，展示自己的平衡感（或是愚蠢），幸好被英明的雅丽小姐当场制止了。

就这样，我一个人听着读者贴上来的音乐，看着这么多美好的情意交流、穿梭着，直到凌晨一点钟，雅丽小姐拍了拍我的肩膀，指了指手表。我利用仅剩的一点点清醒，感伤、不舍地贴上了事先准备好的《魂断蓝桥》主题曲……

或许是红酒的缘故，隔天我醒得比平时早些。我有点头痛，去找了颗止痛药，就在阳光洒落的窗户旁，边喝水边吃药。

一想起昨夜的那场欢乐派对，我好奇地坐到电脑桌前，点开了荧幕上的脸书专页。

没有任何杯盘狼藉，也没有任何躺在地上、沙发上必须收拾的男男女女……我忽然开始怀疑起来，昨夜的嘉年华会、一切的高潮，真的发生过吗？会不会像沟口健二的电影《雨月物语》一样，男主角一觉醒来，发现一切浮华只是梦境？

幸好网页上的留言为昨晚留下了见证。我数了数，朋友们光是贴上来的影音、歌曲链接就有上千则，其他贴文、贴图更是不计其数。

太多事都在我意料之外。

在这之前，我从没想过，写在脸书上的小文章，或者是发生在网页的这些事，会当作“作品”来出版。因为对我来说，这些生活琐事、小品，一直就是作者的“生活”。而作为一个专业作者，他的“生活”和“作品”应该是不同的才对。

那时阳光亮晃晃地穿越窗户，落到我的座椅上。面对着这么真实，却又瞬息即逝的一切，我忽然有种新的体悟。我一直记得那天早上阳光晒在我的腿上微微的暖意、干干净净的荧幕、宿醉的头痛，以及对应在我心中的那种清明的感觉。

或许面对时间流逝、人事变幻这么巨大的无常，谁也无能为力。但是，如果有一支笔，或许就能捕捉一些记忆、感觉，试着尽力把许多美好的瞬间保留下来，哪怕细微得像是普鲁斯特《追忆逝水年华》笔下玛德琳（Madeleine）小饼干留下的气味……

我不确定我做得到做不到，或者是能做得多好，但就在那时候，我改变了想法，开始有了出版这本书的念头。

一两年后，在这本书的出版前夕，当我整理好这些大部分发表在脸书的小文章，并且把所有的篇章名字都打印出来，摊在桌上，试图从中找出这本书的书名时，我发现这实在不是一件容易的工作。

我就这样抓耳搔头，煎熬了一个多礼拜的时间，忽然想起了那个举办欢乐派对的晚上。不难理解，为什么当《我就是忍不住笑了》这个书名映入眼帘时，我心想，就是这个了——

我就是忍不住笑了。就像我们想起自己喜爱的父母、孩子、恋人、朋友时，脸上自然而然流露出来的表情一样……

我心想，让我们聚在一起的力量，与其说是共同的信念，还不如说是对欢笑、美好的共同渴望。

我在电脑上打字，把这个书名在稿子最开端打了下来。我看着这个书名，反复推敲。

我就是忍不住笑了，我就是忍不住笑了……这样念着，不知道为什么，脑海浮上了已故好友罗曼菲的笑容。

那时，因为癌细胞脑部转移，曼菲不得不接受脊椎穿刺检查。不幸的是，检查后发生了头痛的并发症。

“为什么别人做穿刺都没事，我做穿刺就发生穿刺后头痛呢？”她皱着眉头问我这个拥有麻醉专科医生资格的好朋友。

解释了半天“脊髓液外流”等专业名词后，我说：“这种并发症最常发生在孕妇还有年轻人身上。你不是孕妇，所以，最可能的理由是……”

“我还很年轻？”曼菲说。

我点点头：“应该是这样吧。”

“哈，”她听了忍不住大笑一声，开怀地说，“这倒是最近听到的难得的好事一件。”

那是她典型的笑容，爽朗的、豪迈的。

一直到她病情恶化到了不可收拾的地步，明白自己随时可能离开这个世界，她还跟我说：“其实啊，比起你们活得更久的人，我这样的人生也有好处。”

“好处？”我看着她。

“至少我的人生，不用经历老年这个我不喜欢的阶段。”

“是啊，”我想了想说，“有一天，你会比每一个人都更青春、更美丽。”

说完，她笑了起来。

我一直记得她那个笑容。

那样的笑容，也正是我最想说的。

只要还保有笑容，我们就保有了对美好的想望与对生命的幽默。只要继续保有了这些，不管发生什么，我们终将坚定、安好地走下去。

是的，我就是忍不住笑了。

我想象书是一个即将开始的欢乐派对。序文像是个站在入口的主人，举杯招呼所有的宾客。在欢乐派对即将开始前，主人冗长的致辞似乎是不合时宜的。因此，我决定先干为敬，欢迎大家，并且大声宣布 :“派对开始！”

开场音乐响彻云霄。光是那样想着，我已经有几分不请自high了。我高高地举起空酒杯，有种想高声嘶嚷的冲动。

“我——可——是——干——杯——了——哦，你呢？”

# 卷一：帅啦，像大明星一样帅啦

1

# 我和吴淡如在巴厘岛的豪华别墅

有一次心血来潮，计划到巴厘岛去度假。一个朋友听到了，立刻建议我：

“吴淡如不是你的朋友吗？我听说她在那里买了一栋豪华别墅，你何不去她那里住呢？”

“真的啊？”

我二话不说，立刻打电话给吴淡如。吴淡如一听我来跟她借豪华别墅，讶异地表示，她没有买任何房子，还问我从哪里听来这样的消息。

“我是听人家说的，”我有点小小的失望，叹了口气说，“唉，我还以为是真的。”

“要是真的就好了。”淡如说。

不过她大小姐很讲义气，介绍了好几个她在巴厘岛的朋友，有开 SPA 按摩的，有开咖啡豆专卖店的……还帮我打电话关照，叫我去巴厘岛一定要去找他们。

我在巴厘岛待了五天。那实在是个很好玩的地方，我玩到只剩下一天的行程时才想起还没有去拜访淡如的朋友。心想，人家都帮我关照了，不去显然太不好意思了。

于是我去了店长会说中文的 SPA 店。果然，店长很热情地招待我们免费按摩，完了还合照留念。我又去了咖啡豆专卖店。人家本来没开店，不过看在淡如的面子上，老板特地把店门打开了，还煮了热腾腾的新鲜咖啡，让我们免费品尝。老板很热情，我们咖啡也喝得很开心。结束之后，老板要求拍照留念，我也觉得理所当然……

加上之前的旅程，巴厘岛之行变成了充满回忆的旅行。

大概回到台湾半年之后吧，碰到一个不算很熟的朋友，一见面对我说：

“听说你很喜欢巴厘岛？”

“你怎么知道的？”我问。

“我刚参加旅行团从巴厘岛玩回来。”

“噢。”我说。

“巴厘岛到处都有你的照片。”

“我的照片？”

“对啊，SPA 店有你和老板娘的合影，咖啡豆店有你和老板的合影……就挂在店里面很显眼的地方。”

“噢。”

“我们坐游览车还经过你的豪华别墅门口了呢。”

豪华别墅？这可新鲜了。

“对啊，导游还指给我们看呢，她说你就买在吴淡如别墅的旁

边。”那个朋友一脸羡慕的表情说，“你们的别墅真的很豪华呢。”

现在我终于明白吴淡如为什么在巴厘岛会“有”一栋豪华别墅了。于是我只好又像吴淡如当初向我解释一样，向朋友解释了半天。

事后，我打了电话给吴淡如，告诉她这件有趣的事。

“现在我们在巴厘岛是邻居了。”我告诉淡如。

“真的？”淡如发出了爽朗的笑声，“哈，改天我们一定要一起去看看！”

# 别指望那个交情给你太多依靠

出版新书时，不免要宣传跑通告。作家这个工作可以分成很多部分，这是其中我最不喜欢的部分，总觉得谈自己写的书有点王婆卖瓜，自卖自夸。再说，又不是每个看电视、听广播的人都对你有兴趣，大动干戈地上媒体宣传书，有点“伤及无辜”……

总之，这是题外话，这次要说的故事不是这个。故事是这样的：

前几天上李四端的节目专访。

李四端是台湾最著名、资深的新闻主播，他的采访以灵活、生动、刁钻广受观众欢迎。他的采访遍及政要高官、商界名流、文化巨擘、影视明星……许多人都对他的访问可说是又爱又怕。

我和四端虽是朋友，但接受他的专访还是第一次。

节目开录前，我们先小聊了一下。根据过去我做广播采访别人的经验，这是录像前很重要的热身，一方面主持人必须了解受访人，另一方面也是一种建立录像对谈节奏的尝试。

有趣的是，四端观察我，我也好奇地在观察他。感觉得出来，他做足了关于我的功课，一边发问，一边细腻地观察我的反应，并且盘算着接下来的采访策略。一般而言，访问像我这样的作家，气氛是比较愉快的，我身上既没有太多敏感话题，也没有太多不能公开的秘密必须逼问。因此，这个访谈，我其实是抱着放松的心情与态度面对的。

我没想到摄影机一开录，李四端就转移话题，从我帮言承旭写情书的事开始谈起，咄咄逼人地问我：情书是写给谁的？是不是写给林志玲的？内容是什么……

尽管我知道对这件事情大家兴趣很高。不过，因为我是受人之托，因此除非当事人愿意公开，否则我实在没有立场在当事人之前公开问题的答案。因此一开始我有点被迫闪躲，心里老大不愿意地想着：怎么一开始就聊别人的事呢？而且还是我不好回答的事……

就在我快被逼到墙角时，四端忽然停了下来，问我：

“这样的节奏你还习惯吗？”

“可以。”我故作风度地说。（发现自己还真虚伪啊。）

“好，”他对着摄影师说，“那我们正式开始。”

我愣了一下——原来是个下马威啊。

那是一个事后我觉得很流畅、有趣的访谈，果然，该问的问题四端一题也没少问，当然，该回答的我也一点都不马虎。

在我接受过的无数访谈中，就我记忆所及，这样的下马威一共有两次——都是我的朋友，同时也都是非常优秀的主持人问的。

另一次是几年前接受蔡康永《真情指数》的专访。

我和康永算是老朋友了。老实说，他要怎么采访我，当时我也非常好奇。我一点也没想到，摄影机开录后，他丢过来的第一个问题就是一个又麻又辣的问题。

“作为一个作家，你有这么高的收入，你自己是什么感想？”

我那时心里想：天哪，这样的问题应该问大企业老板或富商才对吧？再说，访问一个作家有那么多问题可问，干吗偏偏挑这种“高难度”的问题开场？

事后证明那又是一个“下马威”问题。我好奇地问康永：

“当时你问那个问题，你是什么打算？”

康永说：“我是想确认一下你的状态，还有你是不是很清醒……”

“噢。”我说。

“还有，”康永说，“我们的交情很好。”

“当然。”我说。

“那时我也想顺便提醒你，一旦摄影机开录了，你就不能指望那个交情可以给你太多依靠了……”

“噢……”我恍然大悟。

不能指望那个交情给你太多依靠。在这一点上，四端和康永这两位好朋友的态度是完全一致的。

四端的访问结束之后，我们一起去喝咖啡，他告诉我：“交情的确是访谈节目的一个妨碍。”

“为什么？”

“因为主持人代表观众发问，而观众和受访人之间是没有交

交情是访谈节目的一个障碍。

情的。”

噢，原来当摄影机打开时，好的主持人和好的受访者之间的交情是不存在的。

我这样说也许苛刻了。换个温暖一点的说法，这句话应该是：好的主持人永远是站在观众那一边的。

接受这两位“无仁义”的好朋友采访，的确应该保持“又爱又怕”的心情才对。毕竟他们的节目都是好看又叫座的专业好节目啊。

这是在看到节目播出时，我不得不打从心底赞叹出来的良心话。

## 康永，粉丝妹妹要得不多……

前几天和康永以及朋友 J 一起去一家餐厅用餐。

我一看到来点餐的女服务生望着康永惊喜、雀跃、紧张的表情，就知道一定又是一个康永的超级粉丝。

粉丝妹妹强作镇定地替我们点好餐之后，继续问我们选什么餐后饮料。

“请问先生餐后饮料点什么？”粉丝妹妹问我。

“你们有什么？”

“咖啡、红茶，还有果汁。”

“咖啡。”我说。

“请问先生，咖啡要热的，还是冰的？”

“热的。谢谢。”

点好了我的餐后饮料，她又问朋友 J ：“请问先生餐后饮料点什么？”

“红茶。”J 说。

“请问先生，红茶要热的，还是冰的？”

“热的。谢谢。”

接下来轮到康永了。看得出来服务生妹妹已经兴奋得全身发抖，几乎无法克制了。

她问康永：“请问蔡先生餐后饮料点什么？”

“果汁。”康永边看着手上的资料，边漫不经心地说。

“请问先生，果汁要热的，还是冰的？”

（一听到这个问题，我嘴巴里一口水差点没喷出来。）

这时康永停了下来，抬起头，看着粉丝妹妹，用他那一贯的少爷派头，慢条斯理地问：“难道你们的果汁还有热的吗？”

我看到粉丝妹妹整张脸红了起来。

“没……”她说，“没有。”

我敢打赌，如果地上有个地洞，就算里面有毒蛇她也照样钻进去。

康永没再说什么，就这样看着粉丝妹妹有点自责，又有点手忙脚乱地离开了。

我瞪了康永一眼。

（真担心粉丝妹妹的人生是不是从此遭受了重大的打击……）

康永啊，康永。

你难道不明白，如果被当成偶像的话，你只要抬起头，微笑，并且温文尔雅地说“冰的，谢谢”就可以了吗？

请问先生，果汁要热的，还是冰的？

# 不锈钢桌

我曾经和康永合开了一家名叫ＯＫＥ的网络公司。这次要说的不是那家寿命不长的公司，而是办公桌。

公司开始装潢时，大部分的人都选用一般的ＯＡ家具，但康永不愿意用ＯＡ家具。当时，在预算有限的情况下，我们实在买不起名牌，于是康永特别去定制了一张不锈钢桌面的办公桌。

看到那张办公桌时，我笑了起来。

康永问："什么事那么好笑？"

"我笑这张桌子不像办公桌。"

"你不觉得这张桌子很有品位吗？"康永理直气壮地说，"为什么办公桌一定要长得像办公桌？"

"你要我说实话吗？"我说。

"什么实话？"

"我看到这种不锈钢材质的桌面，很难不联想到医院太平间或病理解剖室用的那种台面。"

康永愣了一下。过了一会儿，他说："你不觉得那——样——更——帅——了——吗？"

我摇摇头。老实说，当过医生的我真的一点也不觉得。康永也笑了笑，对我的没有品位，露出一副孺子不可教的表情。

于是有一段时间，我每天就看着康永在那解剖台似的台面上，接电话、写字、批公文、用电脑，总会想起病理科医师，或者是法医在做着他们的工作。

那时候康永很希望ＯＫＥ能够经营得很好。因为蔡爸爸是个商业律师，康永相信如果能把公司经营得很好，蔡爸爸看到了一定会很高兴。不过很可惜，这个愿望还没有实现，蔡爸爸就过世了。

蔡爸爸过世的那天，我被康永紧急 call 到台大医院急诊室去。我到达时，蔡爸爸已经过世了，因此，除了协助康永处理死亡证明相关手续以及蔡爸爸的后事外，我能帮上的忙实在不多。

等手续都办完之后，我和康永两人就在急诊室门口等着灵车来接蔡爸爸的遗体。

那是我看过康永哭得最惨的一次。那天，我记得他眼睛都哭得泡泡的了。我却一点也想不出来怎么安慰他，于是只能坐在那里看着他哭。

我想了半天，觉得似乎应该跟康永说，蔡爸爸这样离开，没有折磨，也算是很有福分的一件事。正想说出口时，蔡爸爸的遗体缓缓地被推了出来。

我和康永几乎是同时瞄到了推车上那个不锈钢的台面。我不确定康永是不是和我想起了同样的事，就在那一瞬间，康永看了我一眼，忍不住扑哧一声笑了出来。

那是一个有点突兀的笑。可是那时候，我就是觉得完全能够理解那个笑。

我们两个人就这样很有默契地沉默了一会儿，直到工作人员开始搬动蔡爸爸的遗体，康永又难过地继续哭泣了起来。

# 我就是忍不住笑了

在不对的场合笑出来，我自己也有。最离谱的是以下这一件。

三十多年前，我祖母过世时，由于家族固有的低调传统，丧礼当天，仪式是以肃穆哀戚的风格进行的。

不想丧礼进行到一半，会场后方突然来了一群人，在无预警的情况下，声泪俱下，号啕震天。

这群人喧宾夺主的吊唁，立刻惹来亲友侧目。

我的伯父跪在前头，转过头来问："这些人是谁？"

没有人知道。

于是派我的堂哥去问。一问之下，才搞清楚原来是"五子哭墓团"。

当时台湾南部盛行的所谓"五子哭墓团"，是一种专门在丧礼上制造哭声的职业团体——尽管我不明白其中的道理，但我相信一定有许多人觉得丧礼哭得越大声越有面子，才会有这样的行业存在。

"可是，"堂哥把团长拉到一边去，"我们没有请五子哭墓啊。"

"你们这里不是 × × 路 236 号吗？"

"我们是 263 号。"堂哥说，"236 号在前面，还要过一条马路。"

我就是忍不住笑了。

“靠哟！”他抓抓头，回头告诉所有的团员，“哭错家了。”

当时我就跟在堂哥身旁，眼见一个团员眼睛已经哭得红红肿肿了。(说起来还真的很敬业。)

我永远无法忘记，当她听见团长说哭错家时，停下哭声抬起头来看着团长，脸上那种“哇哩咧……”[1]的表情。

我和祖母的感情很好，她的逝世对我实在是很大的伤痛，可是那个时候，我就是忍不住，在丧礼上，扑哧地笑了出来。

1　原意是“我……”。原始句型之后接脏话，成为“我 xxx”。但在台湾年轻人流行语中，刻意省略了后面的脏话，“哇哩咧”被当成一种不悦的情绪表达用语。

## 可能因为你自己也很有名吧

有一次被问到，我为什么会认识那么多名人。

“你觉得呢？”我反问。

“可能因为你自己也很有名吧。”问我这个问题的人回答。

这个答案乍听之下理所当然，可是仔细想想，其实不对。事实上，我的好朋友中所谓的名人，在我认识他们的时候，他们大部分都还不是名人。

为什么他们后来很多都变成了“名人”呢？实在是工作领域的关系。

好比说，一个医生，每天服务的人，或许就只有那么几十个人（厉害一点好了，几百个人）。因此，除非你娶了个明星或老是闹绯闻上报，否则成为名人的机会就相对低很多。

但是，如果是一个作家，每一本书必须跟几千甚至几万人发生关系。那么，作家这个行业成为名人的概率就比医师高很多。

再进一步，如果你的工作领域是媒体、影视圈或政治界，百万，甚至千万粉丝都只能算是正常值。

这大概比较接近我为什么认识那么多名人的真实答案了。

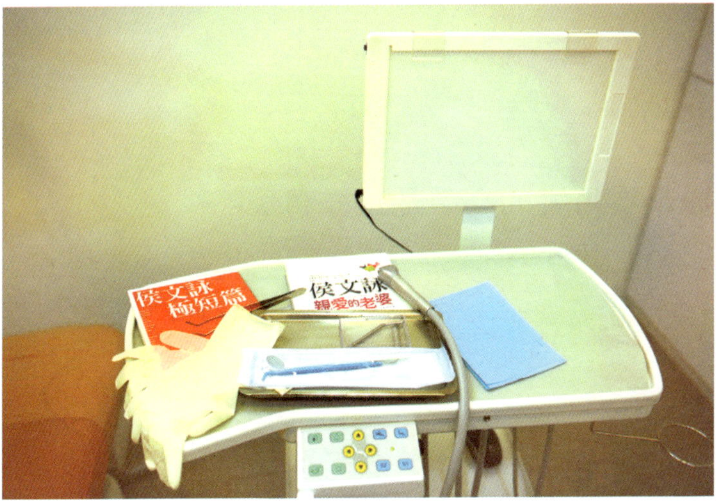


例外当然也是有的。

我亲爱的老婆雅丽小姐在她的牙医诊所执业了二十多年，诊所附近都是她的病人兼粉丝。有一次我和张医师手牵手在诊所附近吃饭后散步，走着走着，注意到前方有一群人停了下来，转过头，其中一个人对着我们指指点点，对着另一个人不知说着什么。

我心想，可能是我写了《亲爱的老婆》这本书的“名人效应”吧。

就这样带着又虚荣，又故作若无其事的表情继续走，等我们走近了，我听见一个人又对另一个人说：“就是那个人，张医师的老公。赶快看。”

听见了“张医师的老公”，我这才恍然大悟，原来在雅丽小姐的地盘上，作家的知名度是比不上牙医师的。

嗯，少数的例外，的确是有的。

# 原来更厉害的高手是这样啊

我在“台北之音”担任广播节目主持时，曾经对马英九先生做了一次两个小时的专访。那时候他才从公职卸任，在政大教书。根据过去的经验，在所有的受访者中，政治人物是最保守的一群。因此，除了他们曾经发表过的意见，你很难从他们的嘴里挖出新的看法或意见。

对政治人物来说，这当然是最安全、保险的做法，但是对主持人来说，这可无聊了。为了打破这个无聊，我决定不按牌理出牌，问些别的主持人问不出来的问题。

于是节目一开始，我就问：

“我想不通，为什么有人会想学法律？”

马先生反问：“为什么？”

我说：“因为律师一辈子面对的不是犯罪，就是纠纷。一天到晚在法院帮人吵架，心情一定不好。”

律师的工作不止这么多，我当然知道。只是，为了引出精彩的答案，我必须找有哏的话题才行。就在我期待接下来马先生怎么接招时，他忽然说：

“我才想不通呢，为什么有人想学医？一辈子面对的不是死亡，就是病痛。一天到晚听人哀号、呻吟，心情一定更不好。”

照样造句还造得这么有杀气的，还真是首度遭遇。只是，现在球又回到我的手里，我不得不接招，于是我说：

“马先生看到的、听到的是哀号、呻吟，但我看到的是可以把病人从病痛、死亡中恢复健康的机会。”

马先生不甘示弱，立刻回嘴：“侯先生看到的是犯罪、纠纷，但我看到的是可以帮助弱势、为大多数人伸张正义的机会啊。”唉，又是照样造句。

眼看继续缠斗下去就要变成一场烂仗，我决定“见好就收”。于是我说：“看来我们都是很乐观的人，总是看到事情的光明面。”

“是啊，侯先生和我都是很乐观的人。”

接着，我们像是签了和平协议的两个人，沉默了几秒钟，然后，笑了起来。

差不多就在那一刹那，我忽然理解到，不管你用什么办法，要说得过一个律师，几乎是不可能的。接下来的专访我改变策略，没有提太多政治问题，改走亲切、家常路线。我问了他当年怎么追夫人周美青的往事。

马先生告诉我，周美青是他妹妹在北一女中的同学。他们坠入情网是因为出国留学前一次郊游露营时，两个人在帐篷中聊到深夜。

马英九先生告诉我：“那个晚上的谈话，我完全被她折服。通过那次的谈话，我发现她是一个非常有想法、有看法、有智慧、有内涵的女人，从此开始追求……”

我简直被“折服”这个概念吸引了。一边发问，我一边想，如果一开场时，我花了那么大的力气，只落得了个“平手”的和平协议，那么，那个晚上，周美青小姐到底说了什么观点、内容，可以“折服”眼前这个学法律的人？

作为一个称职的主持人，我当然要追问。

可惜马英九先生想了一会儿，只是笑着回答我：“那个晚上到底聊什么，老实说，现在也不记得了。”

这个悬疑一直在心中，要等到过了好久之后，我才有机会得到解答。

答案是这样的：

根据周美青夫人的说法：“那个晚上啊，都是他一个人在讲，我在听啊……”

噢，我恍然大悟。

原来更厉害的高手是这样啊……

“那天晚上，都是他一个人在讲，我在听啊……”

## 你就是那个写书的侯先生？

我还在公立医院服务时，曾有一次去妇产科病房做麻醉访视。不知道为什么，一进门，一屋子的家属一个接着一个无声无息地离开，只剩下家长。等我做完所有的访视程序并且填好访视单，要离开时，忽然被叫住了。

“侯医师，请留步。”

我停了下来，以为他还有问题。没想到这位先生直接拿出一个红包往我的白袍大衣口袋塞。

“一点小小的意思，请多照顾我的太太。”

一看到红包，我立刻拿出来还给他。我说：“我在医院服务这么久，从来没有收过一个红包。再说，收受红包是违法的……”

于是我们两个人就这样，在病房里，花了很多时间推来推去，直到这位先生确定我是真的不收，而非只是做姿态，才停了下来。

“果然不收红包。”他似乎有点落寞，随后蹦出了一句我只在日本卡通片里听过的语法。

他说：“不愧是侯文咏医师啊。”

就在那一刹那，所有那些消失了的其他家属，一个一个都从门后出现了。

“他们都是你忠实的读者呢，听到你是妈妈的麻醉医师，兴奋得不得了，早把书都带来了，”先生说，“你可以帮他们签名吗？”

访视病人的时候签名虽不是很恰当，可是在这样的情境下，站在视病犹亲的立场，我似乎也没什么道理推辞。

于是，几乎是我的全集的十多本书被从柜子里面拿了出来。

我边签名边抱怨：“你们不是我的读者吗？既然读过我的书，应该知道我的人格，干吗还塞红包呢？”

“侯医师，读你的书我们当然知道你不收红包，”这位先生面带几分抱歉的表情，淡淡地说，“可是，你知道的，很多写书的人和他书上写的完全不一样……”

还有一次，深夜十二点多，我和友人开车在马路上，肚子饿了，远远见到前面马路左转就是夜市，一时见猎心喜，就左转方向盘，没想到汽车才转入夜市街，迎面而来就是招手的警察先生。

我把汽车停下来，摇下了窗户。

“先生，这样左转是违规的，你知道吗？”一个年轻的警察弯下腰对我说，“麻烦把行照、驾照拿出来看一下。”

啊，违规？我乖乖地交出了行照、驾照。实在是肚子太饿了，根本没看到什么禁止左转的标志。

警察看了我的证件说：“你就是那个写书的侯先生？”

我点点头，注意到另外一个警察也过来看了看证件，又看了看我。他跟拿着证件的同事耳语了一些什么，拿着证件的人也回头跟他咬了咬耳朵。

没有比这样的情况更令人不安的了。作家也是人，既然是人就可能违规。违规的时候，最不希望碰到的是警察——特别是警察又是你的读者的时候。

过了一会儿，警察先生终于转过头来。

“侯先生书写得不错噢，”他露出笑容，把证件还给我，“下次开车请小心噢，这里是不能左转的，知道吗？”

我点点头。

他挥了挥手，做了个要我离开的动作。

就这样？我愣了一下。

“走啊。”汽车上的朋友催促了一下，我才回过神来，于是踩了油门，把汽车开走了。

等到汽车开远了，朋友得意地说：“真羡慕你，连警察都是你的粉丝。”

本来还有一点小小得意的，可是朋友这么一说，我开始有点后悔了。

我写的许多书，像是《白色巨塔》，内容是关于权力运作的共犯；像是《危险心灵》，谈的是关于教育的共犯结构……如果是我的粉丝，也喜欢我的作品的话，照说应该要依法处理，我也应该欣然接受才对，现在我们却变成了权力的共犯结构……

在我发了一些牢骚之后，朋友立刻调侃：“你现在再把汽车开回去，坚持叫他开罚单，他一定会觉得你有神经病。更何况，如果真是你的粉丝的话，人家是一番好意，你却跑回去教训人家，叫他们情何以堪？”

“可是我还是觉得很矛盾。”

“你别矛盾了。粉丝对你这么好，是对你写作的肯定，如果我是你，”他说，“我会很庆幸，幸好自己写的不是烂书！”

哎哟。虽然话是这样说，可是我还是觉得有些矛盾。

我终究没有再把汽车开回去找那两位警察大人，要求他们非罚我不可。但是开着汽车的一路上，我都在想着饭岛爱小姐在蔡康永的访谈中说过的一句话：“蔡先生，像你这么聪明的人一定明白：人生就是由一连串的矛盾组成的啊。”

人生矛盾我当然明白，可是心情并不会因为明白了，就可以把负担全都抛开啊。

# 你说我这样是不是真的很瞎？

因为作品《白色巨塔》改编成电视连续剧的关系，我认识了言承旭，之后还因为一些别的事情熟了起来。言承旭当然是个超级大明星，不过，认识久了，你会发现他求好、求完美的性格，绝对比他的大明星光环更巨大、坚强。

“侯大哥，”有一次言承旭忽然对我说，“你说我这样是不是真的很瞎？”

事情是这样的，言承旭前一阵子出席了日本一个典礼，并且领了个超级偶像级的大奖。领完奖后，主办单位善意地安排了他去名店“血拼”，买衣服。主办单位本来打算清场让超级巨星“血拼”，可是大明星坚持他一贯的亲民作风，不让主办单位这样做。

由于不是公开行程，加上主办单位谨慎的作风，因此购物当天除了少数媒体记者外，并没有太多热情的粉丝出现，否则那家小小的名店大概就会被挤爆。

尽管如此，我们的大帅哥 Jerry 还是遭遇了困难。

“我在那家店里逛了半天，没有挑到中意的衣服。可是人家那么热情，我心想不买的话，好像很不好意思。”Jerry 说，“问题是，如果乱买，又觉得太不忠于自己了。更何况，如果粉丝看了报道，也要跟着买的话，那我可是有责任的……”

这么一想，Jerry 的完美个性又开始发作了。总之，事情只要和完美、责任扯上关系，对大帅哥来说，逛街就不再只是逛街那么简单的事了。

他花了很多时间，左挑右选，眼看一切就要绝望时，老天保佑，他总算发现了一个看起来有型又讨人喜欢的皮包。

“总算得救了。”他拿去照镜子，果然很搭配。

言承旭请随身翻译去问日本店员皮包的价格。

日本店员听完翻译的话之后，露出毕恭毕敬的表情，指着稍远处一个打扮入时的男人，叽里呱啦不晓得跟翻译说了一些什么。说完之后，她还立刻跑到那男人面前，不断地向他鞠躬，还指了指 Jerry 这边。

Jerry 看见那人回过头，礼貌地对他点点头，笑了笑。我们的大帅哥也很优雅地回应、点头。

“看他的穿着打扮，我心想，他应该是老板之类的吧……”

没多久，女店员同翻译一起走了回来，对 Jerry 又是深深一鞠躬。

“怎么样，多少钱？”

翻译面有难色，支吾了半天，终于说：

“对面那位顾客说，他刚刚试衣服的时候把皮包放在外面，被你拿走了。”

Jerry 整张脸都红起来了，恨不得有个地洞可以钻进去。

他赶忙把皮包还给翻译，翻译又交给店员。店员悄悄地把皮包还给了那位先生。等日本人拿到皮包时，大明星深深地对他一鞠躬，日本顾客也很客气地对他微笑，一鞠躬。行礼如仪之后，趁着没有人注意时，Jerry 无声无息地离开了。

守在一定距离之外的采访媒体，似乎没有人发现这件事。

“哎呀，真是糗死了。我还拿着包包去照镜子呢！侯大哥，”言承旭自嘲地说，“你说我这样是不是真的很瞎？”

我点了点头。的——确——是——很——瞎。

不过，日本顾客这么低调又体贴的风格发出了一种闪光，照亮了全场。在这么优雅的氛围里，大帅哥看起来，似乎也没有他自己感觉的那么瞎了。

这么低调又体贴的风格发出了一种闪光。

# 为什么我打针都是打屁股？

还有一次，言承旭发了条短信给我，写着：

侯大有没有认识“脸的医师”？

由于短信语意模糊，我立刻打电话关切。一问，才知道原来是牙龈感染，并发蜂窝性组织炎，脸肿了起来。

“脸”对于演员来说，当然非同小可。我立刻联络了医师朋友帮忙处理。

一般而言，对付这样的感染，让病人住院，打上点滴，从点滴里面连续给予抗生素注射，这当然是最理想的处理方式。不过考虑到大明星到大医院住院可能引起的骚动，以及惊动狗仔队，我特意委托我的医生朋友，让 Jerry 每天去小诊所报到，让小诊所的护士给他做肌肉注射。

就这样差不多打了几天抗生素，诊所放假了。Jerry 问我，假日期间，他可不可以从诊所把针剂领出来，到我家来，请我帮他注射。

这当然没有问题。

那天晚上，他到我家来，第一次抽好药物、泡好酒精棉花后，我说：“Jerry，麻烦你把袖子卷起来。”

“啊？”

“对啊，把袖子卷起来啊，我要帮你注射手臂。”

他边把袖子卷起来，边满脸疑惑地问我：“侯大哥，打针还可以打手臂啊？”

“本来就打手臂啊。”我说，“不然你都打哪里？”

“我都是打屁股的啊，”他说，“我需要脱裤子吗？”

我摇摇头：“我对你的屁股没有特别的兴趣。”

一边在他的三头肌上涂抹酒精，一边注射的同时，我问：“护士小姐每次都给你打屁股？”

“嗯。”

做完注射，他又问：“可是，如果打手臂也可以的话，为什么护士小姐每次都给我打屁股呢？”

打屁股？我想了一下。

我介绍的诊所是内儿科诊所。小儿科训练出来的护士，的确是常给病人打屁股。这样做的理由是小孩子手臂肌肉少，打手臂容易造成神经或血管的伤害，因此常采用臀部肌肉注射。只不过，换成大人——特别是手臂肌肉那么壮硕的明星，这个顾虑显然是多余的……

除此之外，如果还有别的理由，自然而然，我就想到了护士小姐的福利了。你想，平时排队好几个小时都还未必能得到签名留念，现在却是理直气壮地让偶像在面前轻解罗衫……

当然，话又说回来，如果坚持非打屁股不可的话，从学理上看来，似乎也没有什么说不过去的地方……

看我发了一下愣，Jerry 问 ：“侯大哥，你在想什么？”

我说 ：“打屁股当然也不是不行啦……”

为了不造成不必要的医病纠纷，我没有再说下去了。从某个角度来说，大明星的病治好了，护士小姐的福利也有了，这实在不是什么坏事。

最好笑的是跟我的朋友 Mr.K 说这个故事时，向来自认帅哥的 Mr.K 恍然大悟说 ：“原来帅哥都是打屁股的。”

“为什么？”

“因为从小到大，我也都只被护士打过屁股。”

唉。真不知该说什么才好。

看他一脸自我感觉良好的表情，长大后只被打过手臂的我只好摇头说 ：“好啦，帅啦，帅啦，跟大明星一样帅啦。”

“原来帅哥都是打屁股的。”

# 帅啦，帅啦，跟大明星一样帅啦

对了，事后声明一下，这句讥讽意味十足的话，真要说的话，其实是我听来的。

事情是这样的。那天约了一个新认识的朋友见面。走在路上，经过路旁一辆厢型车时，暗色窗户闪过自己的影像。走了没几步，心想，正好可以整理一下仪容。

于是我走回去，对着窗户开始拨弄头发。

说时迟，那时快，就在这个无人知晓的时刻，厢型车的电动窗户竟然摇了下来。等我意识到怎么回事时，已经来不及了。

摇下车窗的汽车里，露出里面三个小鬼的鬼脸表情，嬉皮笑脸地叫嚷着：

“帅啦，跟大明星一样帅啦。”

吓得我花容失色，抱头鼠窜。

唉，这句被我用在 Mr.K 先生身上的台词，就是这样听来的。

吓得我花容失色，抱头鼠窜。

# 卷二：看电影可以不要尖叫吗？

# 爸爸，原来我们是爱情的锺……

就先从一件关于 Kimberly 的小事说起吧。

Kimberly 是华裔的泰国长发美女。她的语言流利程度依次是泰文、英文、中文。前一阵子为了把中文学好，她跑去上海念了一阵子书，中文颇有进步。

由于妈妈是泰国出版社老板，因此当我为泰文版书去泰国做宣传时，她就被指派了招待我的任务。不但如此，Kimberly 妈妈觉得好不容易碰到了中文作家，因此规定她只能和我说中文。

说中文对我当然很方便，不过有时候，当我和 Kimberly 中文沟通不清时，只好说英文。对我来说，中文比英文好用，但和 Kimberly 沟通时，算是少数我觉得英文比中文好用的时刻。

由于 Kimberly 在大陆学的是简体中文，Kimberly 告诉我她姓“钟”。她去问大陆老师“钟”什么意思，大陆的老师告诉她，“钟”是时钟的意思。

她用浓浓软软的泰国腔问我：“可是，我们为什么姓时钟的钟呢，我也不知道。”

我告诉她：“你姓的不是时‘钟’的钟，而是一见‘锺’情的锺。简体字虽然是同一个字（钟），但繁体字完全不同。”

是爱情的“锤”，不是时间的“钟”。

“一见钟情，那是什么意思？”

“Fall in love at first sight.”

“你是说，我的姓，不是clock，是fall in love的意思？”

“是啊。你是一见锺情的锺。”

“啊，真的？”她说，“我活了这么久，一直以为我是时钟的钟。”

我摇摇头：“当然不是时钟的钟。”

“啊——”她长长地呼出一口气，像是惊叹，又像是如释重负。

一路上，她变得心花怒放，一见到人就雀跃又娇滴滴地说个不停：“我好高兴噢，原来我有一个这么浪漫的姓。”

晚上吃饭时，一见到爸爸，Kimberly就说：

“八吧（爸爸），我好高兴哦。原来我们姓的不是时钟的钟，而是爱情的锺，我好喜欢噢。原来我们是爱情的锺，不是时间的钟。”

哈，我们是爱情的“锺”，不是时间的“钟”……

（我忍不住想着，没有时间的“钟”，哪来爱情的“锺”呢……）

离题了。总之，这么小小的事，可以让Kimberly这么高兴，我也跟着莫名其妙地开心起来了。我就这样听她温柔地叫嚷着，爱情的锺，不是时间的钟，是爱情的锺、爱情的锺……仿佛是满天“当当当”的爱情，摆脱了时间，在脑海里回响着。

# 流浪的虾酱

再说一个小小的、令人开心的事。

自从我在泰国陆续发行了泰文版的书之后，竟然在泰国也有粉丝了。我的泰文大概除了你好、谢谢、再见之外，就掰不出别的句子了。现在感觉到跟你语言完全不通的人竟然也对你的人生如数家珍，一种作家的人生真是不可思议的感觉油然而生。

故事得从我的泰国粉丝说起。

事情是这样的。我有一个泰国的粉丝，听说了我和雅丽到泰国去，很喜欢泰国酱料做出来的各式料理，特意买了三大罐她认为“全世界最好吃”的泰式虾酱，通过关系，请泰国 Banlue 出版社可爱的老板娘转送给我。于是 Banlue 的老板娘写了封 E-mail 问我住址。

在过去，我们家雅丽小姐当牙医师时，不时有病人送她小礼物，每次她总是“裙摆有风”地带回家来和我“分享”。现在总算好不容易，我也有一点小礼物可以“骄其妻妾”，因此，我当然很开心，想都不想，立刻回信附上住址。

接下来，Banlue 老板娘跑了一趟邮局，发现不得了了。

原来，虾酱在泰国不贵，但一打听之下，邮费竟高达虾酱本身价格的十倍有余。本着泰国人勤朴务实的天性，老板娘决定，反正我的译者 Beer（不能念成啤酒的读音“毕尔”，重音在后面，Be’er，听起来比较接近“笔叶”）先生不时会有来台湾的机会，因此她决定，不如等 Be’er 来台湾时，再托他带给我就好啦。

这本来是很明智的决定，不过问题来了。

Be’er 先生来台的时间一直不确定，但虾酱过期是会坏掉的。为了不浪费掉那三罐“全世界最好吃”的虾酱，Banlue 老板娘只好每过一阵子就打开一罐虾酱来吃，就这么一直吃虾酱，直到 Be’er 先生的行程终于确定了，老板娘发现三罐虾酱都已经吃完了，必须赶紧补货。

这一补货，问题来了。原来，“全世界最好吃”的虾酱必须跋山涉水到很偏远的地方才买得到。本来，买罐不同厂牌的虾酱补上，我这个虾酱业余人士也就很高兴啦，但泰国人对虾酱有他们独特的坚持。老板娘心想，既然是粉丝热情之所托，怎么能不拿到一——模——一——样——的虾酱呢？

总之，老板娘又动员了人力、物力，大费周章之后，好不容易总算弄到一模一样，而且是新鲜的三大罐虾酱。

接下来，任务就交到 Be’er 先生手上了。

Be’er 先生当然很乐于帮忙带虾酱给我，但问题是：住在单人公寓的 Be’er 先生屋子里连台冰箱也没有。由于离起程到台湾还有一个礼拜，Be’er 只好把虾酱放在家里。

过了几天，Be’er 先生越想越觉得不对劲。他担心虾酱到了台

“全世界最好吃”的虾酱。

湾被我打开时，万一是臭掉的，怎么办。于是 Be'er 先生也开了一罐试吃。谢天谢地，总算没坏。

吃了虾酱之后，Be'er 先生决定，剩下的两罐虾酱，无论如何，一定得放到冰箱去了。

这当然是个明智的决定，只是，虾酱在泰国这么普遍，到处都买得到，向人家开口说："可不可以借你们家冰箱放两罐虾酱啊？"人家一定会觉得你很奇怪。在说不出口，又不好意思回去找 Banlue 老板娘的情况下，Be'er 先生决定硬着头皮去向他住在曼谷郊区的女友借——冰——箱。

所以，Be'er 先生抱着两罐虾酱，坐了一两个小时的车，去把虾酱放在女友的冰箱里。到了要搭机来台湾的那天，他又坐了一两小时的车，去女友那里把虾酱拿出来，再搭一两个小时的车到机场乘飞机。

这期间，Be'er 先生还不断地通过电话、网络，试图补货，买齐那瓶被他吃掉的虾酱。他的结论也和 Banlue 老板娘一模一样：

"全世界最好吃"的虾酱实在太难找了！

这么一来，Be'er 先生只好带着内疚的心情，把剩下的两大罐虾酱打包，坐上了飞机。他打算一见到我就向我认罪，并且保证下一次一定要找到那罐"被他吃掉"的虾酱，补送给我。

就在昨天晚上，我见到了 Be'er 先生，请他吃晚饭。他一边吃一边告诉我这个故事，脸上全是忐忑不安的表情。

我安慰他说："你不要担心啦，剩两罐虾酱就两罐虾酱，我真的很开心的啦。"

没想到这么一说，他更忐忑了，扭捏了半天，才跟我说：

"侯大哥，真的很对不起。"

"我要跟你说谢谢都来不及呢……"

他鼓起了勇气，打断我说："可能是冰箱太冷，飞机货舱又太热了，我住进旅馆，打开行李，发现虾酱罐全爆开了，糊成一片……连我自己都不晓得该怎么办，真的很对不起！"

我先是愣了一下，然后开始哈哈大笑，简直笑得眼泪都要掉下来了。

眼泪之所以快掉下来有两个理由，一个是好笑，一个是感动。被一种说不上来的诚恳与认真感动了……

"Be'er，虾酱你虽没有带到，心意我却满满地感觉到了……真的很谢谢。"

就这样，我收下了这个来自遥远的地方、看不见却又弥足珍贵的礼物。

一整天下来，我还不时想起这个礼物。这真的很神奇，到目前为止，我经历过最美味的虾酱，应该就是这三罐我连看都没看过的虾酱了！

# 罚写自己的名字五千遍

每次发新书时，都会被书店要求为首发的预售书签名。因为是开心的事，因此，每次我几乎都有求必应，来者不拒。

几年下来，我发现，签名书的数量越变越多。

倒不是我变得更受欢迎，销售的书越来越多，而是渠道觉得有签名的书更好卖。出版社老板有时会一脸抱歉的表情告诉我，实在是因为帮甲书店签了两千本，所以乙书店也希望有两千本的签名书。自然丙书店也觉得如果没有签名书，在预售的销售上就吃了亏，因此……

不知道大家有没有连续签自己的名字五千次的经验，签五千次自己的名字真的是很多啊，侯文咏、侯文咏、侯文咏、侯文咏……我一边签得腰酸背痛，手指发抖，一边会想起，这个时候，如果自己是像日本作家叫乙一，该有多好……

这样的签名和所谓的“为读者签名”完全不同。我觉得自己像一台印刷机，机械性地做着同样、重复的工作，完全不知道读者是谁，也完全不知道签名的心意是什么。更何况，读者喜欢一本书应是书的内容啊，和作者有没有签名应该是一点关系都没有的才对啊。

我的编辑文蕙安慰我：侯大哥，这表示你很受欢迎。如果像你这样，只要签一本就可以卖一本，我相信一定有作者宁可坐在这里签一辈子的名。

照说，听到这样的鼓励，我应该觉得很慰藉才对。可是我却不知惜福，完全无可抑遏地想起小时候犯了错，被老师罚写国语生字的事。

因此，这次出版新书，当出版社拒绝了一些书店预售签名的要求，体贴地跑来和我商量“这次只签三千本”就好时，我仍然皱了皱眉头，心里小小地嘀咕了一下。

我本来以为，这次我一定又是边发牢骚，边签完这三千本书，直到发生了一件小小的小事，改变了我的想法……

事情是这样的。那天和爱米粒小姐一起吃早餐。爱米粒小姐负责出版社的海外版权事务，才从巴黎出差回来没有多久。

“这次在巴黎见了米兰·昆德拉，我帮你带回来一个小小的礼物。”

她从包包里拿出一个透明夹，从夹子里面小心翼翼地拿出一张纸条，递给我。

纸条上面是一对像是包覆着细胞膜的眼睛，其中一只眼睛还长着长长的睫毛。我注意到上面还写着法文。最上面一行是：Pour Wen Yong（给文咏）。最下面一行的落款是:Milan Kundera（米兰·昆德拉）。

像这样。

米兰 · 昆德拉？！我超爱的作者。

“给我的？”我问。

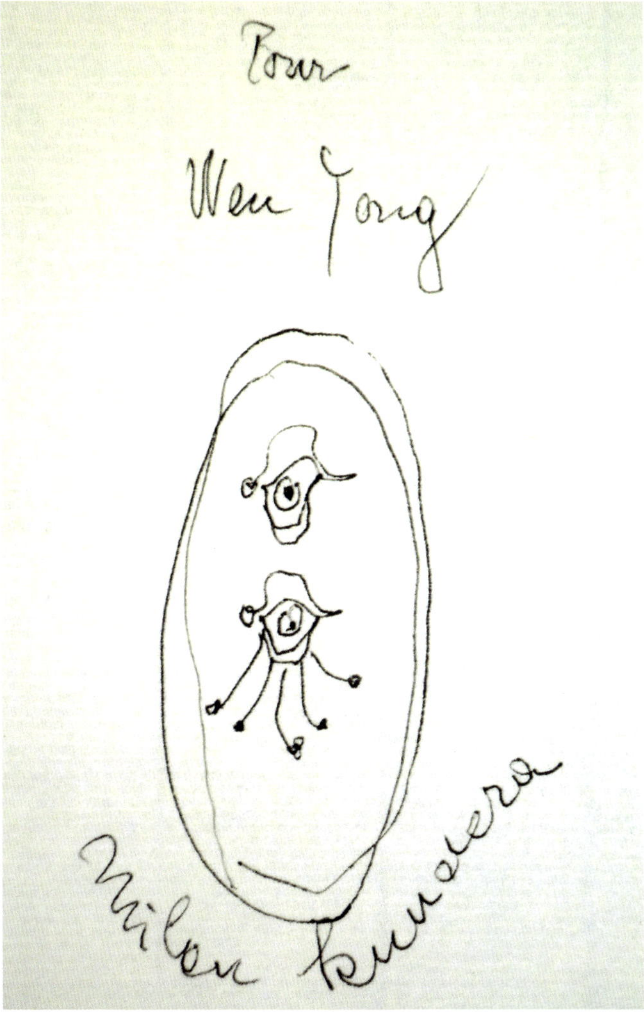


给文咏。米兰·昆德拉。

爱米粒小姐点点头。

“天啊，我有米兰·昆德拉的签名了！”

我兴奋得顾不得早餐店所有人异样的目光，当场站了起来，疯狂地又叫又跳地转圈。

等我慢慢安静下来之后，才想到，昆德拉先生签名字的时候应该不知道我是谁吧，更别说我拿到签名时，这么兴奋的模样了。

这么一想，我忽然想到，或许有人拿到我的签名书时，也会像我现在一样这么开心吧。

于是，我改变主意了。

就这样，今天我又乖乖地开始为自己的新书首发预售签名了。

我哼着小时候学的儿歌：“一只小蜗牛背着那重重的壳，努力、努力。努力往上爬，不怕困难多，不怕路途远，嗨哟、嗨哟……”就这样，花了两天的时间，终于手臂发麻、肩膀僵硬地把三千本书都签上了自己的名字。

无论如何，罚写自己的名字三千次绝对不是一件好玩的事。不过在签书的过程中，脑海不断浮现自己拿到昆德拉的签名时，在早餐店又叫又跳疯狂转圈的模样。

“一定会有人拿到书的时候，像我那天一样开心的。”

我不断地这么激励自己。

# 叫大师罚五百

前几天应成功大学的邀请演讲。到了现场，才发现演讲会场的布置上写着“与大师对谈”，心中一惊。说到“大师”啊，不知道为什么，直接的反应我就想起海龟。

演讲一开始，我就觉得关于“大师”，我有话要说。

于是我说了以下的故事。

我第一次被西巴丹吸引，就是看到海报上海龟在西巴丹的海域自由自在地游泳的画面。于是，当我终于拿到潜水执照时，第一次出国潜水，就选择了马来西亚的西巴丹。

可以想象，当我第一次下到西巴丹水域，看见数百只海龟悠游地在水中遨游，那种兴奋得猛按水底相机快门的心情。无独有偶，晚上分享潜水见闻，大家秀出自己的照片时，我发现每个人的照片中，也都充满了海龟。

这本来是很愉快的体验。不过接连几天潜水下来，晚上分享照片时，海龟变成了无可避免的存在。每次在电脑上播放照片时，或许因为见多了，海龟不再像第一天那样引起我们的大惊小怪。

到了第四天，面对着荧幕上无所不在的海龟照片时，终于有人发出了一声叹息：“又是海龟。”

我提议：“这样好了，下次拍到海龟的人罚五百。”

才说完，大家纷纷响应，觉得这真是个好点子。于是“拍到海龟罚五百”变成了那趟旅行最好玩的事情之一。

接连几天下来，要完全排除掉海龟的身影，似乎是一件很不容易的事情。尽管我极力避免，总还是有一些海龟不经意地出现在画面中。算了算，那趟旅程中，我一共被罚了三千五百元。

或许我心中对海龟小小的恐惧是那样来的。

那趟旅行之后，有一天我在家里看电视，不知为什么，拿着遥控器转来转去，似乎很容易就发现电视里面有人称呼别人或自称“大师”。我们家雅丽小姐叹了一口气，很有默契地说：

“这样吧，谁转到大师罚谁五百。”

于是我们又开心地玩了起来。

“所以，‘大师’这件事到此为止了，”我说，“从现在开始，只要听过这场演讲的同学，叫‘大师’罚五百。”

说完，同学中间响起了一阵掌声。

掌声中，我想到的其实是，所谓的大师，应该是每个人内心世界对自己未来的期许，而不是任何外在的人或者海龟。因此，真正的“与大师对谈”应该是用心地对待自己内在那个对自己未来的期

拍到海龟的人罚五百。

许，并且不断地与之对谈。

说完了这些，我内心的不安少了很多。接下来，我总算可以好好开始那天的演讲了。

# 昨天晚上，发生了什么事？

那次是在北海道下雪的夜晚。

由于场面太 high 了，以至于所有一起旅行的朋友都喝得醉茫茫的。我在醉到不省人事之前，最后的印象是被一个热情又迷人的太太 Daisy 在榻榻米上追吻。

（她宣布不能独厚自己老公，要把热情传递给在场所有男士之类的……）

隔天宿醉醒来，想起这一段，立刻问我亲爱的老婆：“昨天晚上，发生了什么事？”

雅丽说：“你不记得了啊？昨天晚上，我扶你回房间睡觉……”

我听了有点紧张，说：“在那之前呢？”

“Daisy 不是追着大家吻嘛……”雅丽说，“你被吻了，你知道吗？”

我抓了抓头，心虚地说：“是有印象，不过记不太清楚了。”

“后来你做了什么，你真的不记得了吗？”

我摇摇头。

“你真的什么都不记得了吗？”雅丽又问。

我心想，完蛋了。

雅丽停了一下子，对我来说几乎是天长地久那么久的一下子吧，才说：“你被吻之后，竟然追着 Daisy 的老公，说要把吻还给他。”雅丽开始大笑起来，“哈哈哈，你喝醉酒之后还蛮正直的嘛……”

还——蛮——正——直——的？

呼。原来喝醉了酒之后，我还蛮正直的……

真是捏了一把冷汗啊！

原来喝醉了酒之后，我还蛮正直的……

## 弟弟的血型

今天在席间来了个星座血型专家，于是大家自然谈起了星座、血型，还有个性啦，男女交友这类的事……

大家正热闹地起哄着，忽然有人对着发愣的我丢过来一个问题：

“那侯大哥，你到底相不相信血型和星座这类的说法？”

我？我其实也没认真思考过信或不信的问题。

“那你刚刚在发什么愣呢？”

我只是忽然想起关于我弟弟血型的事……

一直到十八岁之前，不晓得到底是弄错了还是怎么回事，我弟弟一直以为自己的血型是O型。书上说O型血型的人个性坚毅，对事冷静，较讲求客观公平。结果我弟弟表现出来的就是那种酷酷的模样。

好笑的是，我弟弟上了大学以后，无意中在某次身体健康检查时发现自己竟然是B型血型。他大吃一惊，原来这个错误持续了十八年之久。他在拿到检查报告之后，立刻跑去查书。书上说：B型的人倾向开放、乐观、好动。喜好社交、活动。口才佳、善解人意、人缘好、不拘小节……

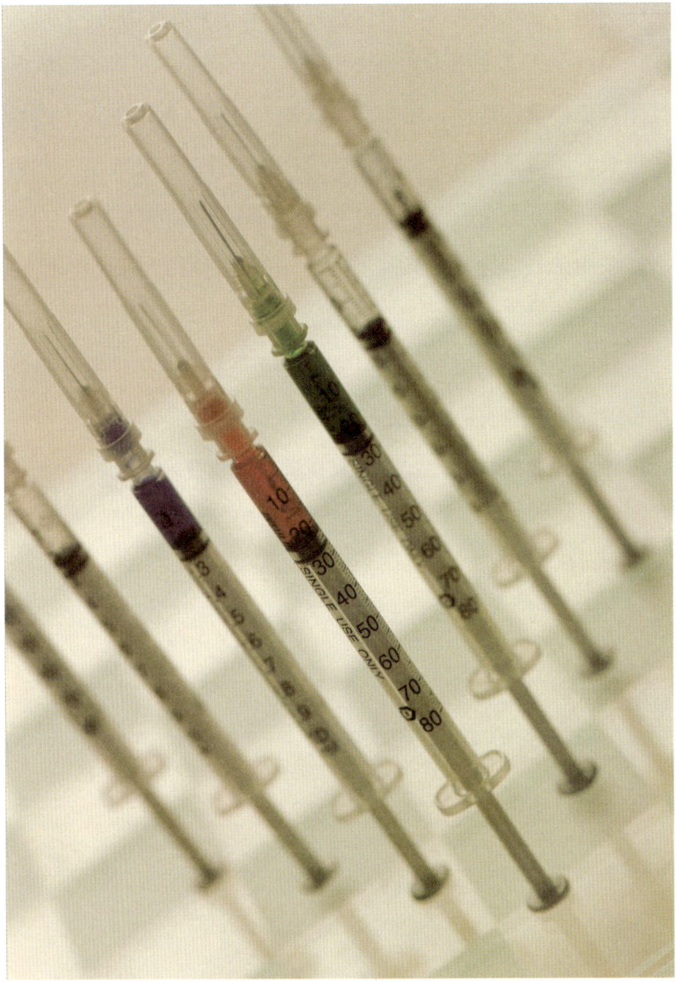


如果弟弟一直没发现自己是B型血型……

“啊，”他恍然大悟地告诉我，“原来我是这样的人。”

从此我弟弟变成了另外一个完全不一样的人。他不但积极加入社团，热心参加活动，还变得喜欢发表意见，帮助别人。他不但当了班长，还得了许多奖，并且当了社团的社长，变成了一个和书中形容B型血型个性一模一样的人。我们都感到非常惊讶。

我弟弟长大之后，又读了博士，在研究室工作，目前已经是医学院里的教授了。

我忽然想，如果他一直没发现自己是B型血型，另外那个一直是O型的弟弟的人生，不知道会变成什么样?

正在想着的时候，就被大家察觉，说我在发愣了。

# 看电影可以不要尖叫吗？

不知道为什么，很多女生看惊悚一点的电影都超会叫的。最典型的例子就是我们家亲爱的老婆，雅丽小姐。

每次和她一起看惊悚电影时，我都比她更紧张。

比方说，银幕上坏人出现了，一步一步靠向好人……雅丽小姐就开始全身僵硬，然后抓紧任何她可以抓到的东西——通常是我的手。坏人越靠近，她就抓得越紧，指甲还会掐进我的肉里面。等到坏人一发动攻击，她立刻开始尖叫。

“啊！”

她一尖叫，会条件反射地掐我的肉，完全无法自抑，我如果试图脱逃，那只会落得皮破血流的下场。更糟糕的是，如果坏人连续发动攻击，她会越叫越大声，越掐越暴力。

不但如此，雅丽小姐的反射动作还会随着电影的方位有所不同。比方说：恐龙从左侧攻击，她就会扑向右侧；如果从右侧攻击主角，她就会扑向左侧。最夸张的一次是主角在屋顶，恐龙从屋子里往上扑，雅丽小姐不但大叫，还从沙发椅上跳了起来，好像恐龙咬到的是她的屁股一样。

因此，和雅丽小姐一起看惊悚电影真的很可怕。尽管有这么多埋怨，但慑于雅丽小姐的淫威，我也不敢发作。

最近我们两个人一起去看了一部电影，银幕上出现了主角被牙医师拔牙的画面，结果雅丽小姐也掐我的手，开始尖叫。这可就真的太离谱了——大家要知道，雅丽小姐自己是个牙医师，每天都拔别人的牙齿。

“喂，你每天都在拔别人的牙齿，这样也要尖叫，未免太夸张了吧。”

“对噢，”雅丽小姐发现了新大陆似的问，“我在诊所拔别人牙齿时为什么不会尖叫？”

我说：“因为别人的疼痛是不会痛的。”

“可是，看电影时，也是别人的疼痛啊，为什么我会尖叫呢……”雅丽想想，恍然大悟，“因为我把自己想成病人了！”

我突然脑中灵光闪现。

“如果看电影的时候，你想象自己是那个拔牙的牙医师，而不是被拔牙的病人，你就不会尖叫了？”

“应该是这样吧。”雅丽说。

“所以，如果看恐龙电影时，把自己想象成恐龙，要咬别人，应该就不会跳起来了吧？”

“嗯，好像真的是这样。”

“这就对了嘛。”我说，“下次看惊悚电影时，你可以把自己想

和雅丽小姐一起看惊悚电影真的很可怕。

成加害者。”

于是，我们去租了各式各样的惊悚片，包括鬼啦，蛇啦，怪兽啦，通通拿回来“练习”。“练习”了两三部电影吧，情况改善了很多，但雅丽小姐变得意兴阑珊。

“怎么了？”我问。

“这样都变成了配角，虽然不尖叫，可是一点乐趣也没有了。”

“怎么会没有呢？”

“问题是：鬼有没有抓到人，蛇有没有吃饱，我才不在乎呢……这样的电影，有什么好看的？”

好了，你明白了吧。

最近我去买了手套，还在长袖底下打了弹性绷带，全副武装地陪着老婆看惊悚电影。总之，就让她们继续尖叫吧。没有更好的办法了。

# 可惜我们不能那样认人

除了尖叫外，雅丽小姐有一样特异功能，无人能及。

有一次出外旅游，正在万里长城上漫步时，忽然来了个人，对着雅丽小姐喊："张医师，张医师。"

雅丽小姐回头看喊她的人，有点茫然。

"我是你的病人啊，你不记得了？"

雅丽立刻说："张开嘴巴，我看看。"

那人当场张开嘴巴，露出牙齿来。

雅丽小姐看了一眼之后，当场记起了那个人是谁。

故事还没完。后来我到处跟人家讲这故事，听的人无不赞叹。

有一次，在一个医师团体说完这事，一个医师感触良深地说："可惜我们不能那样认人……"

我问："请问，你们是……"

"妇产科医师。"他说。

“张开嘴巴，我看看。”

# 啊，啊，啊……

故事是从儿子那里听来的：

今天早上学校来了X光巡回车。由于我们是一班，因此第一堂课老师就叫我们全班到走廊集合，由班长带队到巡回车前去排队等候检验。

我们依座号在巡回车前排成一条长龙，由第一号同学开始依序进巡回车照X光。

本来我们都还开心地聊天等候着，大家打打闹闹打发时间，可是没多久，巡回车里忽然传出巨大的声响——

硿硿！

这也就算了。接下来，一号同学发出一声尖叫：

“啊——”

排队在巡回车外头的人这时全都安静下来了。

没多久，一号同学蹙眉、弯腰、抱着胸部，一脸痛苦的表情走了出来。

“怎么了？”同学问，“会很痛吗？”

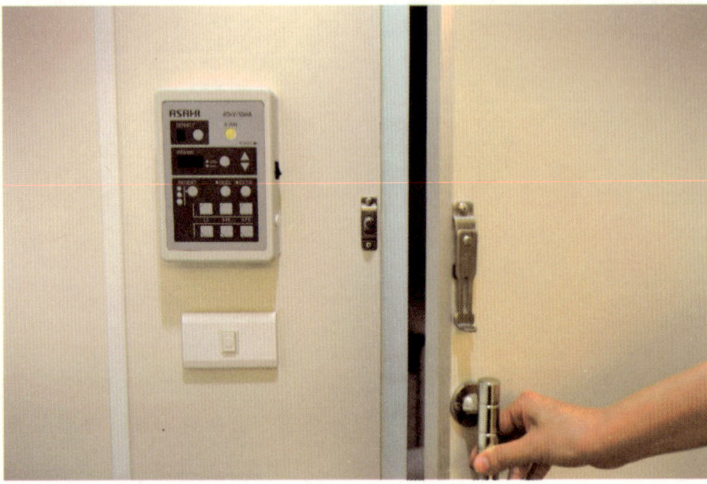


一号同学只是摇摇头，一脸虚弱的表情走开了。

阴霾的感觉像是乌云一样一层一层笼上来。

“下一位！”

接着是二号同学，带着惊恐的表情，走进巡回车。

令人焦躁的沉默……

大概过了一分钟吧，果然巨大的声响又来了。

硿硿！

“哎哟，啊——”这次二号同学的叫声更凄厉了。

没多久，巡回车门打开了。二号同学走出来，同样一脸饱受折磨的表情，一直揉着胸口。

“很痛吗？”后面的同学问他。

“你进去就知道了。”他连说话都是虚弱无力的样子。

情况开始变得越来越令人绝望了。接下来第三号、第四号、第五号同学都一样发出了惨绝人寰的叫声。我是七号，等到第六号同学上了巡回车之后，我已经盘算着要不要开溜了。

可悲的是，正犹豫不决地想着时，硿硿声大作，六号同学的哀号已经传出来了。

“啊！”

他走下巡回车，脸色发青，全身抱成一团，连看都不看我一眼就沉默地走开了。

“下一位！”巡回车里发出短促而严厉的声音。

我犹豫了一下。

“下一位同学。”

我硬着头皮，走上了巡回车。

检验员是一个瘦瘦高高、戴着黑胶框眼镜、看起来没有什么同情心的男生。他冷冷地看了我一眼：“七号？”

我点点头。

他在学生名册上打了一个钩，示意我脱掉上衣。

“我要你靠在这里。”他让我走到一块板子前，从背后把我向前推，好让我的胸部紧紧贴住板子，并且要我双手扶住板子，“等一下我叫你深呼吸，你就吸一口气，憋住不要动。懂吗？”

我可以感觉到贴在我胸口的板子凉凉的，等一下到底会发生什么事？是注射、撞击，还是灼热，还是……我越想越害怕，退缩了一步。

“怎么了？”

“等一下会很痛吗？”

“怎么可能呢？”

不会痛？我才不相信咧。

他粗暴地把我往前推，让我的胸部紧紧贴着板子，又把我的手放到板子上：“等一下叫你深呼吸就憋气不要动，知不知道？”

说完他自顾自地跑出了房间。

现在房间里面只剩下我一个人。一盏红色的小灯亮了起来。

“现在，”检验员的声音透过麦克风传了过来，“我要你深吸一口气，憋住。”

我深吸了一口气，不知是温度低还是怎么一回事，我发现自己全身在发抖。

天啊，不要！我心里呐喊着，不要不要不要……

接着我听到很小的一声：“嘟——”

似乎是过了天长地久那么久，红色小灯熄灭了，然后检验员打开门走进来。

“好了。”他云淡风轻地说，“你可以穿衣服了。”

“好了？”可是我什么都没有感觉到。到底怎么回事？

我莫名其妙地穿着上衣，看见检验员从板子后面抽出X光片片匣，并且换上新的片匣。就在他把片匣用力地装入原先的板子里，巨大的声响发了出来：

硿硿！

我恍然大悟。一秒钟不到的时间里，我配合地发出大得不能再大的号叫声。

“啊——”

当巡回车的门打开时，看着八号以及他后面的同学一脸饱受惊吓的模样，老实说，那样的表情，还真是让人终生难忘。

# 傻瓜，就是杠龟才好啊

有次听演讲，听到主讲人说：

“我们常常以为，外在的变化决定了我们快乐与否。比方说如果我们成功了，中奖了，赚大钱了，我们就会得到快乐。事实上，根据心理学家的研究发现，外在的因素，只占了我们是否快乐的决定因素的百分之十。至于决定我们是否快乐的其他百分之九十，来自我们用什么态度看待，或诠释这些外在的变化。”

听到这种说法，立刻让我想到我们家雅丽小姐的特殊本领。

比方说，她怂恿我和她一起潜水时，我说：“潜水可是个危险的活动噢。”

“男子汉大丈夫，”雅丽小姐，“死就死，有什么好怕。”

被雅丽小姐这么一说，男子汉大丈夫也只好舍命陪君子了。

不想拿到了潜水执照，装备也买了，正学出兴趣来，雅丽小姐晒黑了，长出许多雀斑，立刻决定放我鸽子，不潜了。

“不潜了？”我说，“死都不怕了，丑有什么好怕的？”

雅丽小姐云淡风轻地说：“死是一时，丑却是一辈子，你懂吗？”

现在你知道我说“特殊本领”的意思了吧？

雅丽小姐的特殊本领。

不过，这还不算最厉害的……

服兵役的儿子前几天休假回来，说他被派去整理旧营区时挖到了一袋弃尸。

“上面长了蛆，而且味道好臭噢。”儿子说，“现在晚上睡觉时，想起来还觉得头皮发麻欸！”

看到儿子“受惊”的模样，雅丽小姐很紧张，连忙安慰儿子说：“你不要这样想啦。你要想，你帮人家找到了尸体，让它有重新安葬的机会，这是好事啊。”

“噢。”儿子听了若有所思。

雅丽又说：“不然这样，你去买彩券好了。我出资。”

儿子不解地问：“这和彩券有什么关系？”

“买彩券啊，就是说啊……”雅丽想了一下说，“就是说，被你帮忙的人就算要谢谢你，你也要给人家一个机会啊，不是吗？”

雅丽说完还用手肘推了推我，弄得我也只好附和着说：“对，会有偏财运。”

“真的吗？”

“当然是真的。算命的都这么说啊。”

听妈妈这样说，儿子总算开始露出一点笑容，当天，就跑去买了两张彩券回来。

“中奖了要给我分红噢。”他休假了两天，把彩券压在客厅的金扑满下面，高高兴兴又回营去了。

那是几天前的事了。就在刚刚，雅丽小姐拿了彩券走进书房说：

“今天不是开奖吗？要不要对对看？”

我接过那张彩券，转身向着荧幕，在google的搜索格打“威力彩中奖号码”，按下搜索，很快就找到新公布中奖号码的网站。

认真地比对完两组彩券上的号码之后，我回过头镇定地看着雅丽小姐。

“你猜怎么了？”

“怎么了？”她看起来有点忧心忡忡。

我不说话。

“哎呀，别卖关子了啦。”

“我告诉你，我们中奖了，”我说，“的相反。”

“杠龟（赌输）？”

我点点头。实在是很反高潮的结果。

看我有点小失望的表情，雅丽小姐说：“傻瓜，彩券不中才好啊。”

“杠龟才好？”

“喂，要是真中了，”她说，“你难道不觉得那想起来才真的是令——人——头——皮——发——麻——吗？”

我心想：是啊，要是真的中奖了，头皮发的恐怕不只是“麻”而已吧！

“所以啊，不中才对啊，”雅丽笑了起来，开心地说，“杠龟才

好啊。杠龟才对啊！”她高兴地跑去打电话给儿子，大声地对他说：“你猜怎么了？我们杠龟了。我们杠龟了。”

虽说依照心理学家的说法，主动诠释外在的变化让自己觉得开心，是快乐能量最重要的来源，不过杠龟了还这么开心的，老实说还真没见过。

# 你说我倒霉不倒霉

儿子去考驾照，第一次路考没通过，我觉得似乎有必要关心一下。

“怎么会这样呢？”我问。

“倒霉。”

“倒霉？”

“唉，你知道吗？因为笔试我考了两次，因此第二次笔试我必须到监理站去考。既然是在监理站通过的笔试，依照规定，路考就不能在原先驾驶训练班的教练场，必须到监理站考。我一进监理站考场，全傻眼了。”

“不一样都是考场吗？”

“不一样，监理站跟驾驶训练班的场地完全不同。少了标记，我根本不知道到哪里方向盘该转几圈才好。”

“啊？你考试靠着死记路面的标记转方向盘？”

“驾驶训练班是这样教的，没错啊。”他叹了一口气说，“你说我倒霉不倒霉？”

第二次又没通过时，我问他："又怎么了？"

"这次我更倒霉了。"

"怎么会这样？"

"你知道吗？考S形转弯前进时，我竟然后轮轧线。怪只怪监理所的汽车和我在教练场用的车子不一样。监理所车子的引擎盖太高了，我根本看不到路面！"

"啊，引擎盖太高？"我说，"既然如此，上车时，你为什么不先调整驾驶座的座椅高度？"

"高度可以调整啊？"

"当然。教练没教你们吗？"

"教练只教我们考试的事，我哪知道驾驶座的高度可以调整！"

"噢，还有，"我说，"至于后轮轧线的事……"我还没说完，他已经兴冲冲地跑开了。

一个礼拜之后，儿子从监理所回来，愁眉苦脸地告诉我，第三次路考又没通过。

"这次又怎么了？"

"全世界大概找不到比我更倒霉的人了。"他愤愤不平地说，"考S形转弯不是有两个转弯吗？我明明通过第一个弯了，接着最后一个转弯，眼看就要成功了，谁知道后轮竟然轧线。你说天下哪有这么倒霉的事……一次是左后轮轧线，一次是右后轮轧线。"

老实说，我对“倒霉”这两个字已经有点过敏了。

“你是不是左转弯时，左后轮轧线，右转弯时，右后轮轧线？”我问。

“咦，你怎么知道的？”

眼看他已经劳民伤财地经历了三次失败，我只好告诉他：

“你观察过汽车吗？汽车的方向转动轴在前轴，因此转弯的时候，前轮和后轮的轨迹是不一样的。想象一下你是一个下半身瘫痪的人。把你放进S形转弯道爬行时，当你前半身紧靠右边线转弯前进时，后半身是不是很容易就轧到右边的线？”

儿子在地上爬行了一下，觉得有道理。

“同理，当你前半身紧靠左边线转弯前进时，是不是后半身容易轧到左边的线？”

“我明白了，”他站起来，拍了拍双手对我说，“所以，右转时，我的前半身必须尽量靠左边，这样下半身才不会轧到右边的线；反过来，左转时，上半身尽量靠近右边……”

经过第四次路考，儿子终于拿到了驾照。

就在他得意扬扬地向我展示新到手的驾照时，我说：“发表一下成功感言吧？”

“原来每个失败的背后，都有一定的道理的。”

“嗯，”我说，“有道理。”

他安静了一下。看他深思熟虑的表情，我以为他又要发表什么惊人的言论。没想到他想了想，意味深长地对我说："你知道吗？比倒霉更可怕的是愚蠢。"

听着，我笑了出来。

比倒霉更可怕的是愚蠢。

这倒深刻。

比倒霉更可怕的是愚蠢。

# 你不可能撞上所有的车

说到考驾照，我自己其实也好不到哪里去。当年我在驾驶训练班学车时，也是死记路面的标志，方向盘左转几圈、右转几圈，就去参加路考了。

幸运的是，我一次就考上了驾照。不幸的是，这样考上驾照的我，第一次开车上路时险象环生。从此之后，我得了“开车上路恐惧症”，不敢开车上路。

那一阵子，我忙得团团转。有医院实习急着要交的病历、报告，还有必须完成的稿件、医师资格考试，以及不容许迟到的约会时间……我甚至晚上做梦都会梦见自己身处考场，考卷发下来发现考试范围和我准备的范围完全不同。

那时候，我一直以为我面对的是各式各样不同的问题，从来没有想到，这些不同的问题，或许只是同一个问题的化身与延伸……

直到有一次和朋友一起旅行，那次我坐朋友的车，由他开车。

一整天汽车开下来，朋友累了，把钥匙丢给我，对我说：

“麻烦暂代我开一下。我睡一会儿。”

我接过钥匙，面带难色地说："可是……"

"可是什么？我问你有没有驾照，你不是告诉我你有吗？"

于是我把钥匙还给朋友，并且把我的问题全告诉了朋友："你不觉得很可怕吗？路上每一部车都是潜在的危险，闪过这部车，还有那部车，每一部车都可能置你于死地……"

朋友听了哈哈大笑。

"有什么可笑的？"

"你担心太多了。"朋友又把钥匙交给我，"上路吧！别担心那么多，你只要先提防最可能撞到的那部车就好了。"

"啊？为什么？"

"只要你不撞上最可能撞到的第一部车，你就没有机会撞上第二部，乃至第三部。"

我想了一下。

"你先得撞上第一部最可能撞上的车，然后才可能撞上第二部、第三部……"

好像有点道理。

于是我坐进了驾驶座，发动了引擎。

握着方向盘，重新上路，因为有了"第一部最可能撞上的车"的意识，我的注意力开始有了可以集中的对象。就这样，渐渐地，我发现焦虑消失了，也因为焦虑消失了，除了第一部最可能撞上的汽车外，我的心里也开始有了摆放其他第二、第三、第四部——可

能撞上的汽车的空间。

差不多三十分钟，差不多是我的朋友睡一觉的时间，我发现我学会了开车上路。

我大概又花了三天的时间，渐渐明白，那些令我焦虑的病历、报告、考试以及约会时间，无非也像路上的汽车一样。我必须集中精神在第一部最可能撞上的汽车之后，才可能有空间去照顾第二部、第三部可能撞上的汽车。

就这样，我一次解决了所有看似不同的问题。

最神奇的是，连梦里的问题，竟也神秘地消失了。

# 选择比努力重要

自从被我称赞“比倒霉更可怕的是愚蠢”这个深刻领悟之后，儿子似乎就迷上了创造警句这件事。像这样：

**成功为失败之母。**

“为什么？”我问。

“因为失败既然是成功之母，那么一直成功的人到最后因为学不到新的东西，一旦接受新的挑战之后，也会失败的啊，不是吗？”

好吧，有道理。

“还有，这个怎么样？”他说，“光明的尽头，就是黑暗。”

“为什么？”

“因为黑暗的尽头就是光明啊，同样的，光明的尽头，一定也是黑暗。”

好吧，虽不怎么精彩，但是基于鼓励的立场，只好笑一笑。

过了一阵子，倒装版已经山穷水尽了，于是接下来，是相反版。像这样：

**争一时，风平浪静，进一步，海阔天空。**

“为什么？”

“你要是考了第一名，争了一时，回家就风平浪静了。还有，听演唱会的时候，大家挤得要死，你要是有本事弄到一张特区的票，你就进一步海阔天空了。”

好吧，也有道理。拍拍手。

“你怎么拍得好像有点不情愿的样子。”

“我没有不情愿，只是，”我说，“如果你可以找到更有原创性的格言，我一定会拍手拍得更用力。”

“原创性？”

“原创性，嗯。”我说，“自己从生活中体会出来，别人没有说过的。”

“这还不简单。”

过几天，儿子回来找我了。

“我觉得‘成功是一分天才，九十九分的努力’这个说法是有问题的。”

“有什么问题？”

“听听这句。”他说，“我觉得人生啊，选择比努力重要。”

“啊，”我问，“为什么？”

进一步，海阔天空。

他说：“如果做对了选择，就算努力不够，还是有机会。一旦做错了选择，再怎么努力也无法超越那个选择的格局。”

“可不可以举个例子？”

“比方说，妈妈当年选择了你，嫁给你之后，因为做了对的选择，因此，就算她努力不怎么足够，还是可以得到幸福。”

“只能说你妈太幸福了。”我深有同感地表示。

“反过来，如果她选择了别人，就算她再怎么努力，我想也不可能过得像现在这么幸福。”

这番淋漓尽致的论述，简直让我完全没有回嘴或者任何不同意的余地。

尽管我还很想用力找些理由为“努力”辩护，好提高它的地位，不过，一时之间，我似乎也想不出什么更好的理由，只好心悦诚服地给儿子用力地拍拍手了。

# 唉，蚌壳话

“听话是很重要的，不要像蚌壳一样躲在自己的世界里，要把耳朵打开，把心胸打开……”

我已经忘记故事背景是什么了，总之，有一天，我忽然觉得这话非说不可，然后就像个标准的“唠叨老爸”一样，滔滔不绝对儿子们说教起来了。

以下是一小部分的内容：

**我当主治医师的时候，住院医师一到我手下工作，我就把他们“听”的能力分成四个等级——二十年长期观察他们，发现一个人的发展与成就，和他们“听”话的能力是非常高度相关的——你们想知道是哪四个等级吗?**

点点头。

**这四种“听”力的等级是这样的：**

第一级听力：不但听懂上级交代的事，而且能完整地执行。更重要的是，听的人还明白上级的企图，并且预想下一步。拥有第一级听力的住院医师几年后多半是开创型的领导人物。

第二级听力：能听懂上级交代，并且忠实地执行。但对于下一步的计划，没有太多的想象力和意见。这种人，机缘俱足的话，将来也可能是收成型的领导人物。

第三级听力：听懂了上级的交代，但是执行的过程往往马马虎虎、大打折扣。拥有第三级听力的住院医师，只能交代他做简单的事，并且要有随时为他善后的准备。这种人才，除非上一代有产业或非凡的背景，并且拥有很好的员工、部属，否则，职场上多半只能升迁到一定的格局。

第四级听力是最糟的一种，是完全听不懂，或不听，就凭着自己的意见胡乱处理……

讲完了四级听力，我注意到两个儿子已经注意力涣散了，赶紧警觉地停了下来。

"你怎么不说了？"老大很警觉地问我。

"我不确定你们刚刚是不是听到了。"

"我们在听，你继续说。"

"我刚刚说了什么？"我问。

"你说听力有四种。"

看老二还一脸茫然，我拍了拍老二的肩膀。“请问，”我说，“你知道四级听力里面，最厉害的是哪一种吗？”

“蛤？”

我无奈地笑了笑，叹了一口气说：“唉，蚌壳话。”

老二一脸茫然，又问：“蛤？”

这次，老大和我，全都忍不住笑了起来。

“蚌壳话是什么意思？”

过了一会儿，老二总算弄明白了什么是蚌壳话。

“真无聊。”似乎为了加重语意，他又说，“一点也不好笑。”

蛤？

# 吃饭了

昨天晚上，坐在客厅看着小说，在厨房做晚餐的雅丽小姐边把锅子里的热炒盛到盘子里，边对我说：“去叫小孩出来吃晚饭。”

“噢。”

我心不甘情不愿地放下手上的小说，走到老大房前，敲敲门，打开房门。老大坐在电脑前，正奋力地在键盘上敲敲打打。

“妈妈说，吃饭了。”

“噢。”老大连头都不抬一下。

我又走到老二门口，敲敲门，打开房门。老二躺在床上，正拿着他的 iPhone，在上面画过来又画过去。

“妈妈说，出来吃饭。”

“知道了。”

走回到餐桌前坐下来，餐桌上一盘一盘热腾腾的菜已经上桌了。

“你都叫了？”雅丽小姐盛了饭端过来。

“叫了。”

“叫了，怎么没有人出来？”

于是我只好又去敲门，打开房门，告诉老大：“妈妈问，叫了半天，怎么没有人出来？”

“噢，再等一下下，一下下就好了。”

我又敲门，打开门，告诉老二：“妈妈问，叫了半天，怎么没有人出来？”

“噢，马上。”

我走回桌前坐下来：“他们一个说一下下，另一个说马上。”

不过，过了很多个“一下下”之后，似乎没有人从房间“马上”走出来。

“你确信他们有听到？”雅丽小姐问。

“我不确定。”

大概又这样等待了两分钟吧，我叹了一口气，走进书房，弯下腰，把网络 Wi–Fi 无线发射器的电线拔下来之后，走回餐桌前坐下。

“你在干什么？”雅丽小姐满脸问号。

“跟蚌壳说蚌壳话。”

一分钟不到，两个孩子都从房间走了出来，异口同声地问：“发生了什么事？网络怎么断讯了？”

“吃饭了。”雅丽说。

“噢。”

两个小孩终于走过来，坐了下来。

我总算可以像个有威严的老爸一样，大喊：“开动。”

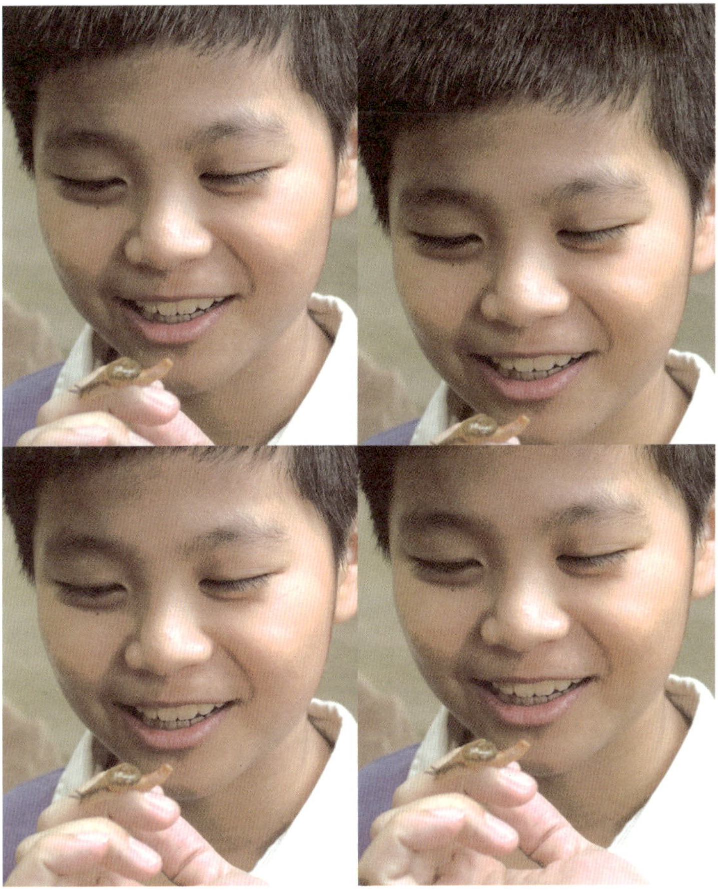

跟蚌壳说蚌壳话。

# 牺牲与奉献

偶尔，我们家“蚌壳弟”不但用心听了，还发出语惊四座的评论，像这样：

有一次，一群朋友聚在一起，A起头说了一个故事，内容是关于以德报怨的。故事有点烦琐，就不细说了，总之，重点是：即使是立场不同的人，只要你抱着正面的心态，持续、长期，又耐心地付出，最后，对方一定可以感受到你的努力，因而改变你们之间的关系。

B立刻不以为然了，当场说了另外一个故事。故事的结论正好相反：他为了和另外一个人和解，试了各种方法，但越是这样，他们之间的关系越是变得更糟。

B认为，“只要持续、长期，又耐心地付出，就能改变对方”这样的结论是有问题的。在他看来，基本立场不同的人，无论你如何付出，想要改变对方其实是不可能的。

双方观点相对，立刻引发了争辩。

A出言反驳B，捍卫自己的观点。A认为，不是对方无法改变，而是B的做法有问题。只要做法正确，人是可以沟通，可以被改变的。

“那么，你可不可以指出，”B不服气地问，“我的做法有什么问题呢？”

“我说的改变的力量，来自对他人的奉献，”A说，“但你做的不是奉献，而是牺牲。”

“牺牲和奉献的差别又是什么？”

“你做的事情是对方需要的，这是奉献。但你做了很多事，是对方不需要的，这就是牺牲。尽管你做了许多事，但都是牺牲，而牺牲的感动力是很有限的。”

“有道理。”就在这时候，一直安静的蚌壳弟忽然发出声音了，他说，“真希望我妈妈对我的牺牲能少一点。”

此话一出，不但语惊四座，还引来我亲爱的老婆——也就是蚌壳弟的妈妈加入战局：“是吗？可不可以麻烦你举例一下，我对你做的那些事情，哪些是牺牲？”

接下来，就如同预料，讨论的话题开始有了戏剧性的大转向。

眼看儿子陷进自己惹出来的麻烦中，我很想拍拍他的肩膀，告诉他：“唉，你刚刚说的那句话，就是牺牲啊。”

可是想想，还是算了。儿子这话一说，想救他，都不知从何救起。更何况，做出那么大的牺牲，对我可是一点好处也没有啊……

“真希望妈妈对我的牺牲能少一点。”

# 卷三：励志故事人人爱

3

# 读书人与电视人

有一天，我跟 Mr. K讲了一个励志故事。

背景是这样的：最近单身型男 Mr.K 收到了朋友 E-mail 转寄给他的一份当今百大美女的 Powerpoint 档案，他看了之后大叹：唉，世界上美女这么多，能谈的恋爱这么有限，无力啊……

我本来以为他只是随口感叹，没想到他真的很认真。我只好给他讲了以下的励志故事。

有次聊天，不知谈起了什么，王伟忠忽然对我说：

“你知道读书人和电视人最大的差别是什么吗？”

我摇头。

他说：“读书人最在乎完整，什么都想看过，都想读过，讲出来的时候，也在乎讲得完整，讲得有系统。”

“所以呢？”

“这么一来，就一点也不好玩了。”

“噢，”我问，“电视人呢？”

“电视人知道电视的时间是有限的，因此，我们不在乎完整，只要播出来的部分好看，就是好节目。”

我把王伟忠的话拿来照样造句，告诉Mr.K：

“只要认识的、交往过的，都是怦然心动、真心喜欢的美女，就是好的人生啊。”

其实不只是谈恋爱，也不只是读书或做电视，包括到好玩的地方旅行、收藏艺术品、去好的餐厅……全都一样。从某个角度来说，因为人生是有限的，因此，只要追求的过程，或者经历的，都是有趣的、心甘情愿的，就是好的人生。

嗯，继续努力吧，Mr.K，拥有这样足以让许多别的男人流口水的人生，还把时间浪费在“无力感”上，真的是可惜了啊！

够励志了吧？

只要过程都是有趣的、心甘情愿的，就是好的人生。

# 我一定要得到这个角色

励志故事多半成功，这听来很有道理，不过话又说回来，成功故事一定励志吗？那可说不定了……

“谢谢，如果有进一步的消息，我们会再通知你。”

那是我拍摄《危险心灵》时，演员试镜的现场。面谈完毕，那个年轻的演员起身向我和导演鞠躬，转身走开。走了两步，他忽然停下来，犹豫了一下，又转身走回我的面前。

“导演。制作。”他脸上有一种急切的表情，“我一定要得到这个角色。”

我和导演没有说话，只是看着他。

“如果不能拿到这个角色，”他说，“我怕我再也撑不下去了。”

“为什么？”

“我想好好拍戏，可是我现在拍的肥皂剧，我越是用心，就越被导演骂。问我为什么老是要自作聪明，为什么不能学其他演员一样，好好演戏。”

“演戏本来就是要和其他演员一起合作的啊。”

“问题是大家都只是在挑眉毛、挤眼睛、做表情……每个人只想把工作做完收工，让整个戏符合肥皂剧的样子。我觉得很痛苦，也很挣扎啊。我知道演戏不应该是那样，可是我没有别的机会啊……”

“那你怎么办？”

“我当然知道导演要什么。有一天，我告诉自己，我放弃了。于是我也学他们那样挑眉毛、挤眼睛，开始做出制式表情。结果那天，才拍完第一个镜头，导演就走过来，拍着我的肩膀说：‘恭喜，你终于会演戏了。’……你明白我的意思吗？这真的很悲哀。我决定开始堕落，而他们说我终于会演戏了。”

我们继续冷静地看着他。

“我放弃了很多东西来拍戏，我的家人都反对……可是我真的不希望，我来拍戏，只能是这样。我知道你们这次的戏是很用心制作的，求求你们，我真的一定要得到这个角色。求求你们。”

他又鞠了一个九十度的躬，才转身走开。

老实说，那时我已经知道他不会被录取了。在他之前有一个比他更合适的人选——他的表现没有超越那个人。

只是，他的话里有一种东西打动了我。看着他离开的那一刻，我有一种说不出来的难过。但我无法帮他什么。

那是好几年前的事情了。他后来拍了好几档收视率很高的肥皂剧，不但演出的角色越来越重要，人气也节节高涨。

我心里想，他真的变成了他说的那种会挤眉毛、弄眼睛、做表

我决定开始堕落，而他们说我终于会演戏了。

情的演员，并且受到了欢迎，为他自己赚了很多钞票。

然而，每次看着他在荧屏的肥皂剧里咬牙切齿地念着台词时，我不免就会想起他说着“求求你们，我真的一定要得到这个角色”时的模样。

故事就是这样了，只是，这算是个成功的励志故事吗？

是有点伤脑筋。

# 那种唯一的感觉

从事创作的人，一不小心写到肠枯思竭的时候往往是有的。这样的状况持续久了，创作者很容易就开始自我怀疑起来。

这一段谈话发生时，我正处在那样的怀疑状态中。当然，每个人的症状不太一样，我的状态是开始怀疑，这个世界上所有的故事都被写过了，大概不会再有什么新鲜事好写了……

有一次拍戏收工，从淡水回台北的路上，易智言导演坐我的车。我们两个人在车阵中，不知怎的，聊起了爱情这件事情。我说：

“你不觉得，到最后每个人的爱情故事其实都是大同小异的吗？第一种，A爱B，B也爱A，但有人反对，有人破坏；第二种，A爱B，B不爱A，或反过来，B爱A，A却不爱B，然后追来赶去；第三种，A不爱B，B也不爱A，到了最后，却为了某些理由在一起……”

“是都差不多。”

“你觉不觉得，所有的故事无非都差不多。一切无非只是同样的结构，一再地重复罢了。我怀疑，真有人能写出什么不一样的爱情故事来？”

“从某个角度来说，人类经历的故事基本上是差不多的，我们只是在同样的生老病死里，不断地重复着差别不大的故事罢了。”

“你不觉得对写故事的人来说，这样有点可悲吗？”我问，“原来每个人只是在和别人差不多的剧情里，笑着、哭着，过着我们的人生。”

他拿出一支烟，点燃，抽了起来。

“尽管从外在看起来，故事和故事差别不大，”他说，“可是，你不觉得对每一个人的内心世界来说，初恋那种感觉却是唯一的吗？”

我想了想：“那倒是。”

“所以啦，在大同小异的剧情里，把那种唯一的感觉写出来，让其他没有经历过，或者是已经忘记了的人也感受到那种唯一，就是创作者的使命。”

噢。

在差别不大的故事中，重现每个人那个内在的感受的唯一。

一时之间，这个迷人的说法，倒是在我心中发出了闪闪的亮光。

在差别不大的故事里，重现每个人内在感受的唯一。

# 最高兴的是我去了，明白吗？

我认识一个运动教练，她是铁人运动的选手。每年她都给自己安排不少比赛。铁人比赛是一项考验耐力的比赛，选手必须同时挑战路跑、脚踏车以及游泳比赛——三项近乎挑战体力极限的比赛。尽管这些比赛的乐趣我不是很明白，但对于这些通过我无法企及的意志力挑战的人，我还是非常敬佩的。

最近由于竹东三铁的赛事接近，因此，每次见到她，她总是兴致勃勃地围绕着比赛以及准备的情况聊个不停。

不料，这个礼拜她竟对我说，这次比赛也许不参加了。

“是身体状况不理想吗？”我问。

“倒也不是。”她说，“我男朋友出国比赛去了，他不在，就没有人开车送我去了。”

“这只是借口吧？”我说，“一定是你心里不想参加比赛了。”

“我很想参加比赛啊，否则干吗天天辛苦地练习？”

“没车这么简单的理由就能阻止你？这未免说不过去吧。”

“可是没有车真是很现实的问题啊。”

“要我就试试别的方法。”我说，“比方说，你可以一早从台北搭公路局汽车过去。”

“问过了啊。比赛九点开始，就算从台北搭最早的班车过去，也赶不上。”

“不然，你可以前一天先到竹东的旅馆住宿一个晚上啊。”

“也问过了啊。因为铁人三项比赛，竹东的饭店早被订满了，这时候订房间，哪还有位置啊？我考虑了这么多，心想，这么麻烦的话，还是算了吧。反正两个月后还有别的比赛。”

“那么辛苦的比赛都撑得下来，哪能被这么简单的麻烦困住呢？”我想了想，又问，“你试过附近城市，像是新竹或头份的旅馆吗？这些地方到竹东开车不到半小时，一早搭车总赶得上比赛吧？”

“咦，这个倒没想过。”

“先去新竹待一个晚上啊。晚上你还可以去新竹吃炒米粉，或者，”我兴奋地说，“去头份看木雕，吃客家菜，也都很有趣啊。”

被我这么一鼓舞，她果然改变了主意，重整旗鼓，又兴致勃勃地跑去打电话打听了。

一个礼拜之后，我问她比赛结果如何，她说：

“吃了一些苦头，总算订到了头份的旅馆。不过，头份真的很好玩，住了一个晚上，隔天又参加了比赛。”

“比赛成绩还好吗？”

“差强人意。不过，”她说，“这次最高兴的是我去了。你明白我的意思吗？”

“当然明白。”

我一开始的意思正是这样啊。

## 你怎么能那样一直转？

还有一次，我又陷入了写作的低潮……

那一年，长篇小说写着写着，故事变得奄奄一息。我越写越彷徨，不知到底该放弃，还是应该继续坚持下去。为了这个问题，我困扰了很久。

那时候，正好被我的好朋友罗曼菲邀请去看云门的公演。罗曼菲跳的是林怀民老师编写的《挽歌》。在那支舞里，罗曼菲小姐就在定点，一直旋转，旋转，转到某种极限，足足有十几分钟。第一次看到那支舞蹈，我看得有点瞠目结舌，一点也没有想到那会是解决我的问题的契机……

表演结束之后，我到后台去向曼菲致意。我问她：

“你怎么能那样一直转，不晕头？”

她大小姐般轻松愉快地跟我说：“简单，你只要找一个定点，不管怎么喘，怎么转，只要最后还能看到那个定点，你就可以继续转下去。”

就那么简单的一句话，我那笼罩着一大片乌云的心情好像看见

罗曼菲演出《挽歌》 摄影/杜可风

了一道光线似的。

经过这个激励之后，我回家把写了一半的小说草稿重看了一次，边看边想着：那个定点到底还在不在？

之后，我又一个人安静地想了两三天。

我决定把故事继续写下去。

# 眼看就差这一步了

所有的励志故事都是激励人心的吗？那可未必。

在耶路撒冷旅游时，我见到了圣哲罗姆先生的雕像。

圣哲罗姆先生何许人也？大家须知，最早的《圣经》是用耶稣家乡的亚兰文写成的。圣哲罗姆先生就是第一位把亚兰文原典《圣经》翻译成当时通用的拉丁文的人。换句话说，有了他，才有了基督教文明，然后才有基督教文明在整个欧洲，乃至全世界传播开来的可能。

圣哲罗姆令人尊敬的还不只是这样，为了禁绝欲望，专心翻译《圣经》，他还做了一件惊世骇俗的事，那就是：他自我阉割了。

就在我们听着导游讲述圣哲罗姆这么了不起的事迹时，一位同游的朋友说：

“侯文咏，加油，你的文学成就要更上一层楼，眼看就差这一步了。”

有人还举出了司马迁也是经历了宫刑，终于写出了《史记》这样的旷世巨著的例子。好像这是成为大作家唯一的途径似的。

“所以，为了读者，也为了文学，为了历史，”起哄的人越来越

圣哲罗姆先生雕像。

多，“你就拼了吧！”

“拼了，你一定可以做到的。”

唉，重点根本不是那个，好不好？每个人的资质不同，好不好？就算我真的效法了圣哲罗姆的行径，没写出什么传世的作品，变成了“剩”人，也是很有可能的啊。

大家笑闹成一团也就算了，最夸张的是，连雅丽也——不——例——外。

我对雅丽小姐说：“我拼了对你可没有什么好处啊，好歹你也稍微为自己的幸福着想一下，好不好？”

雅丽小姐更是笑得直不起腰来。她说：“你平时太毒舌派了，看着你被大家修理，还——真——是——开——心——啊。”

真——是——开——心——啊……什么嘛……

原来所谓的平日对朋友还不错，只是我一厢情愿的想法啊。

看来真得好好反省反省了。

等我被“流箭”射得像只刺猬时，雅丽小姐总算恢复了理性，宣布：“大家别再‘激励’他了，我看我家老公还是当情圣好了，至少对我的福利比较有保障。”

眼看利害关系人开口，大家总算闭嘴了。

# 配额

有首歌叫《领悟》，歌词中最精彩的一句说：啊，多么痛的领悟，你曾是我的全部……

我常常在想，“领悟”应该是每个人都想要追求的吧——当然，如果代价不是那么痛的话。

那天，一群人忽然大谈“人生是有配额的”这个话题。

开始这个话题是因有人提起：作家三毛曾经很相信她一生写的书是有配额的。据说后来三毛一生出版的书，正好就是那个预言中的数量。

在座一位医生朋友表示：他常常劝病人不要饮食过量，多蔬果，少红肉，少饮酒，少暴饮暴食。他告诉病人：“一个人一辈子能吃的东西是有配额的，暴饮暴食的人，太早把自己一生的配额吃完了，只好在人生的宴席中提早离开了。”

众人纷纷点头。

有个从事慈善工作的人表示，一个人身上能够累积的福分是有配额的。有人很幸运，在工作、事业、感情上累积了许多福分。福分一旦累积了太多，超过了应有的配额，新的福分就不会进来。因此，一个有福气的人，要常思考如何把自己的福分和别人分享、流通。

听到这些有趣的故事、说法，不知怎的，我想起了我三四岁时，被妈带去她任教的小学玩，让我和小学生们一起上课。我小时长得可爱，因此下课时老是被女孩包围，在我脸上吻个不停。

本来想起这件事时总是有几分得意的。

经过这个讨论之后，我忽然想起，这么说来“艳福”的福分一定也是有配额的。回顾我这大半辈子，忽然恍然大悟。我不免叹了口气。

啊，多么痛的领悟……

“艳福”也是有配额的。

## 或许问题正是因为……

有些领悟，虽然还不到痛，但是不舒服的程度应该是一点也不下于“配额”的领悟的。像这个朋友告诉我的故事：

我的老板合并了一家新公司，指派我去当总经理，希望我能重整这家公司，改变公司的文化。尽管我过去从事的和这家新公司产业不同，但以我过去的经验，多少还是有些相关性。因此，我自觉应该有能力把新工作做好。

我到新公司上任，没有带任何自己的班底。员工对我都很欢迎，我也热情地向大家发表我对公司同人新的期许，以及新的愿景。从同人的表情看来，大家似乎都欢迎也支持这样的改变。

我是事必躬亲型的人。和公司一级主管开会时，我很容易就可以看出他们的问题，我尽心尽力地参与讨论，必要时甚至指出计划不可行的地方，给予纠正。我甚至会基于自己过去跨领域的经验，提出一些全新的点子和想法。这些想法只要一提出，通常很快就得到同人们的赞美以及好评，因此推动起来也特别有效率。

到任三个月之后，我自觉良好，心里盘算着，这个工作我应该可以胜任愉快。

不想过了半年之后，我开始觉得事情可能不是我想象的那么容易了。

到了第三季，我发现整个公司变得非常被动，所有的决策都非我来做不可。我拖着大家往前跑，越跑越觉得心力交瘁。这明明是大家的公司啊，为什么只有我一个人在乎，一个人努力?

直到有一天，我遇到一个朋友。他听了我的问题，对我说:“或许问题正是因为你太努力了吧。”

“我太努力了? ”

“你要不要暂时让自己‘隐形’起来，看看同人会有什么反应? ”

我的朋友给我的建议是这样的：从隔天开始，我提出的任何点子，先不说这是我的想法，而是“这是昨天碰到的一个朋友提的建议，我也不知道可行不可行。我想请大家评估评估，听听大家的意见”。

出乎意料，同样是出自我的点子，只要改成“一个朋友的提议，请大家评估评估”，过去同人们“真是太有创意了”“崭新的蓝海策略”“总经理这样的想法实在太英明了”的反应，立刻变成了“这根本是异想天开”“这样的做法过去早有人做过，并且被证明是失败的”……

我恍然大悟。不是同人太被动，也不是同人没有想法，而是从过去到现在，“总经理”这个位置（而不是我）一直都太英明了，因此这个公司才欲振乏力。

“一个朋友的提议，请大家评估……”

**原来，阻碍这个公司进步的最大阻力，就是我自己。**

“想起自己也变成了‘周处除三害’中必须除去的最后一害，还真是又喜又惊啊……”朋友这么对我感叹。

# 人生有趣是玩味

励志文章的作者常被认为没胆量，因为这类文体最安全，挨骂机会也最小。不过话又说回来，例外也是有的。我曾在脸书写过一篇《人生有趣是玩味》的文章。这篇从头到尾看起来完全没有什么大问题的小文章，发表之后，竟被一位读者骂得简直狗血淋头。原文照抄如下：

昨日和老朋友谈往事，谈过去一起认识的朋友，谈起一二十年后的人事变化。

谈着谈着，忽然觉得过去很多不理解的事，这时理解了。过去有许多的未知，这时变成已知了，不但变成了已知，这些因为已知产生的心得，拿来对照人生的许多其他事情，竟然有许多是一致的。

想想，人生的未知其实有两种。

一种未知是未来，因为还没发生，因此充满期盼。

另一种未知是过去。这些“过去”我们虽经历过，可惜受到当时种种限制（信息、智慧、观点、气度、见识……），我们当时理解其实并不深刻。但随着岁月，人多出新历练、态度，回味往事，我们总是发现：啊，原来当时我不明白的是……

是啊，对那个所谓“原来当时我不明白是……”的明白，正是许多乐趣中，非常深刻的乐趣之一啊。

我们常常觉得所谓的“会玩”的人，玩的无非就是“现在”和“未来”的未知，可是，我觉得真正大气、有趣的人生，是还得学会“玩味”的。

因为比较起来，在过去的记忆里徜徉是优雅的、智慧的，在过去的未知里追寻是刺激的，这些从过去的未知中得到的发现与体会，乐趣可是一点也不比未来的未知逊色啊。

好了，这篇小文章就是这样。这应该没什么问题吧？不过此文一贴，立刻就有读者抗议，说我写得太低俗了，要退出粉丝群。我觉得事态严重，礼貌地发函去请教：不知哪里低俗了？

好不容易，总算得到对方回复，她表示：一个作家，要有写出引领潮流、移风易俗作品的自我期许及使命感。你是一个知名度很高的作家，人生有那么多有趣的事你不提倡，提倡玩妹，一看到题目就读不下去了，真是粗俗、下流、无耻……

“玩妹”？唉，冤枉，没有人在玩妹啊！

真正有趣的人生，还得学会玩味。

# 卷四：爱情诡辩

4

# 我只是想证明，我一点都不在乎

有段时间我在研究所教书。那时候，我会开放一些时间给学生。我记得很清楚时间是礼拜五的下午，走进来了一个女学生。她留着短头发，穿着颇入时。她成绩向来很好，是个走知性、质感路线的聪明女孩。一进门她就对我说：

“老师，我这个礼拜一失恋了。”

这显然不是课业上的问题。不过因为我平时和学生们处得不错，所以任何问题我都来者不拒。

“失恋我明白，可是，”我问，“为什么要特别地说‘礼拜一失恋了’呢？”

“你知道，我们交往了三年。可是上个礼拜天我发现他有第三者。礼拜一，我跟他摊牌了。我说：‘我们分手吧。’没想到他竟然说，他松了一口气，他很高兴是我主动提出来的。”

“噢。”

“我淡淡地跟他说：‘礼拜四我这学期的重头戏——生物化学就要考试了，我得去准备了。’他说：‘那就再见吧。’我也说：‘再见。’就这样。”

我可以，不在乎。

我说："蛮酷的嘛。"

"所以啊，我下定了决心，我告诉自己，无论如何，我要好好准备考试，绝对不能被他打败。"

"结果呢？"

"我今天看到成绩了，"她脸上有种完成了什么似的骄傲，"我的生物化学考了九十九分。"

"哇！"我点点头表示嘉许。九十九分，的确是很高的成绩。

"我只是想证明，"她继续又说，"我很好，我没事，我可以不在乎，"她说着，"我真的一点都不在乎……"

我很想告诉她：就算考一百分，也不能证明什么啊。话还没说出口，我发现她已经哽咽了起来，她越来越激动，泪水盈满眼眶，不断地沿着她的脸颊流下来，最后，她索性就在我的办公室放声哭泣了起来。害我什么都不能说，只能无言地拍着她的肩膀。

真的是就算考一百分，也不能证明什么的人生啊！

或许能哭一哭，也不是什么坏事呢。

# 诅咒神明会不会怎么样？

有一天，一个朋友忽然问我："侯大哥，你说诅咒神明会不会怎么样？"

"诅咒神明？"我问，"谁？"

"我。"她说。

"为什么？"我问。

于是她告诉我这个故事：

我和男朋友交往了一阵子之后，发现他竟然瞒着我，另外有了一个"小三"——不但如此，这个小三还是我最要好的闺密。

更夸张的是，经过旁敲侧击的结果，我发现我的闺密还一厢情愿地陶醉在爱情里，对于我的存在一无所知。

经过几天思考，我觉得无论如何，和闺密之间的友情比爱情重要，于是我约了她出来，向她坦陈一切。我的闺密起初有点讶异，但很快她就明白了我的用心，我们很快站到相同的阵线，并且有了坚定的共识，我们决定：

绝不让爱情损害我们之间的友谊。

于是，我们把男朋友约出来喝咖啡，清楚地让他知道事情不能再这样继续下去。我们对他下最后通牒，让他在我们之间做出抉择。

男朋友痛苦地表示他真心爱着我们两个人，要他立刻取舍，他做不到。

“可不可以给我时间，让我好好思考这个问题，”他说，“你们知道，这对我是非常挣扎的事……”

“我们就是希望你好好想想。”

我们决定给他三天时间。三个人约好了，三天之内彼此不再互相联络。三天之后，我们再回到同样的地点，解决所有的问题。

我就这样忐忑不安地过了三天。

三天之后，我们三个人都依照约定，回到那家咖啡店。

“你的决定呢？”我和闺密不约而同地问他。

“这几天，我实在太痛苦，也太彷徨了。在走投无路的情况下，我忽然想，为什么不去庙里问问神明呢？”

“神明？”

“嗯。昨天，我决定去庙里烧香、拜拜。我把我所有的难处都告诉神明，请神明给指示。”

“结果呢？”我问。

“神明当场什么都没说。可是，晚上做梦时，我梦见神明对我说：孩子，不要担心，不要害怕，你要倾听自己内在的声音……”

神明说，不要担心，你要倾听自己内在的声音……

“内在的声音？”

“今天凌晨，我从梦里惊醒。我一个人在床上翻来覆去，想了又想，忽然豁然开朗了。”他说，“既然你们已经是闺密，我又和你们任何一个人都这么好，我们三个人在一起，好像也没有什么不可以。”

“三个人在一起？”

“对。感谢神明给我勇气，我想勇敢地跟你们说：我爱你们两个人，我无法抛弃任何一个人。现在我已经做完了我的决定，我把接下来的决定留给你们。”

“你是说……”

“愿意接受神明这个建议的人，留下来，如果不愿意的人，可以离开。怎么样？”

我们的男朋友先问我的闺密：“你呢？你的决定是什么？”

我的闺密似乎很彷徨。她看了看我，又看了看我们的男朋友，叹了一口气，点点头。

他露出了如释重负的微笑。

“你呢？”他转向我。

“你说这是神明给你的建议？”

一时之间，我有一种被整个世界背叛了的感觉。忍不住满腔怒气，我从座位上起身，给了他一个巴掌。我诅咒他：“去你他妈的内在声音。”我气不过，继续又说，“去你他妈的神明！”说完才扬长而去。

“我看啊，”我说，“离开这种男人绝对不是什么坏事。”

“诅咒神明会不会有什么报应啊？”她问。

很难搞清楚到底是真的有这场梦，还是一切只是那男人的借口。再说，就算真有神明显灵，“三人行”真是神明的本意吗……什么样的神明会出这种馊主意？

尽管有这么多扑朔迷离，我还是说：“别担心，你的心情，我想神明应该理解吧。”

# 爱情输好，还是赢好？

有一天，未婚的 Mr.K 忽然对我说 ：“在爱情里，任何一个人，只要比对方在乎时，他就输了。你说对不对？”

我点点头。听起来有道理。

“既然输了，在乎又有什么用呢？”Mr.K 说，“因此，只有比对方不在乎的人，在爱情里才能赢。”

我又点点头。

“问题是，你不在乎的爱情，赢了又如何呢？”

说得还真有道理。

“所以，试图在爱情里面找到幸福根本是不可能的事。”

这回轮到我摇摇头了 ：“这什么推论嘛。”

Mr.K 问我 ：“那你说，你觉得爱情到底输好，还是赢好呢？”

看着 Mr.K 几分得意的表情，我抓了抓头。

我有一个男性朋友，总是在恋爱过了激情的阶段之后，就想分手了。

不在乎的他，每次都向对方坦诚认错，也从来不欺骗对方。分手时也尽量说对方的好话。

尽管“被分手”的女性难免哭哭啼啼，但每次他都得到了他想要的自由。有了自由，他又可以继续和新的女朋友交往。

“或许我必须掌控全局才有安全感，因此，每次在爱情里面，我总是占上风的那一方。”我的朋友说，“一旦女孩子爱我太多，变得百依百顺了，我就开始厌烦了。老实说，我自己也很困惑……”

因此，他的爱情总是陷入同样的模式，一再地恶性循环。

这样，总是不在乎的他算是赢了吗？

我还有一个女性病人，在抗癌的过程中，她发现她老公背着她在外面有外遇之后，变得万念俱灰，伤心得要割腕自杀。

“我的人生，全盘皆输了。”获救后，她告诉我。

我说：“你都要离开这个人世了，有人愿意帮你照顾老公，有

什么不好？”

她听后大彻大悟，叫她老公转告那个女人：谢谢她，请她往后帮忙多多照顾她老公。

她老公痛哭失声，一直跟她说对不起。

我的病人也对她老公说对不起，是她不能一直陪着他。

病人就在和老公彼此谅解的氛围下，走完了她的人生。临终前，病人对老公说：谢谢。

她的老公也对她说：谢谢。

这样，一直在乎的她，算是输了吗？

“你倒说说，爱情到底是赢好，还是输好啊？”

既然非回答不可，我决定告诉 Mr.K 关于希腊哲学家做过的一个有趣的诡辩。根据这个诡辩，结论是：

在龟兔赛跑中，一觉醒来发现自己落后的兔子，将永远追不上乌龟。

这个推论的过程是这样的：

假设兔子醒来时发现和乌龟的距离相差一百米，而且兔子的速度是乌龟的十倍。那么，情况是：

当兔子追上这一百米的差距时，乌龟又前进了十米了。于是兔子只好努力再追十米。可是等兔子追上十米时，乌龟又前进了一米，依此类推的结果，兔子将永远也追不上乌龟……

“你这是什么诡辩嘛。”Mr.K 说，“事实上，只要时间足够，兔子最后一定会超越乌龟的。”

“你的问题也是诡辩啊，”我说，“在爱情里面找到幸福的一样大有人在啊。”

“那些口口声声说自己很幸福的人，都口是心非也说不定……”

“你不是他们，你怎么知道他们不幸福……”

“你不是我，怎么知道我不知道他们是不是很幸福……”

“行了，行了，我们既不是庄子，也不是惠子。”

“爱情到底输好，还是赢好？”我说，“这个题目是有问题的。”

“哪里有问题？”

“因为爱情不是比赛，没有分数，更没有终点，怎么比较输赢呢？假如没有输赢，你的‘在乎、不在乎说’就不成立。一旦这个前提不成立，所谓‘试图在爱情里面找到幸福是不可能的事’这个推论也就不成立了。更何况，如果你是只兔子，相信了‘永远追不上乌龟’的诡辩，觉得无论怎么努力都不可能追上乌龟，你还会努力吗？”

“所以，你现在是在激励我吗？”

“没有，我只是说，”我说，“爱情从一开始就不是输赢的问题。”

“那是什么问题？”

哎哟。爱情从来就不是问题好不好。

它的重点一直就是答案——而且是那种只要两个人同意，哪怕再荒谬，再站不住脚，还是可以成立的答案。

世界上的事，没有比这个更容易的，当然，也没有比这个更难的了。

# 大家都是 Mr.K 的爱情顾问

我和 Mr.K 讨论爱情到底是输好，还是赢好时，差不多也就是他和 E 小姐的关系开始出现一些状况的时候。Mr.K 的感情问题，让我的“鸡婆史”又添了一项“丰功伟绩”，那就是——在我三十多万粉丝的网页上，为他征求爱情顾问。情况是这样的：

K 先生和 E 小姐交往一年多了。两个人住在不同的城市，因为工作的关系，常有机会碰面。K 先生应该算是喜欢 E 小姐的吧，但他至少在我面前说过五十次“我们不适合相处”。原因是两人碰面总是一开始很好，但不久就开始闹意气。或许正因为如此，他们的恋情一直卡在某个阶段，上上下下，不进不退，反反复复。

K 先生是那种就算生气也不会口出恶言，让冲突白热化，但你就是会感觉到的男人。讨厌的是，正因为冲突没有表面化，所以两人分开一阵子，开始彼此思念时，又可以若无其事地重新开始，再思念，再约会，然后一切重来一遍。

外貌、学历、经济，K 先生条件都算是很不错的，尽管他过去的恋情不少。不过近几年来，这算是最长的一段。

这次的事情是这样的：

K先生最近从朋友那里听到E小姐和“前男友”一起去看了一场演出。当然，E小姐并不知道K先生听到了这件事。

K先生很沮丧。他的反应是不想再多打听这件事，也不想再见到E小姐了。当然，这样的情绪，E小姐感受到了。因此，有一天，K先生收到她的短信问：

“Are you avoiding me?”（你在躲我吗？）

你也知道的，K先生是那种不愿冲突白热化的男人，因此他回短信说：

“No.”

好了，最近E小姐要来台北出差了，既然K先生没有在躲她，E小姐请K先生到机场接她。

K先生不想去接她。因为如果见到E小姐，他只有两个选择：

（A）让冲突白热化。这点K先生做不到，过去所有的恋情到现在，哪怕搞得再糟，他从来没有做到过。

（B）继续若无其事地和E小姐相处下去。这个他更做不到。

所以，Mr.K的另一个办法是：

（C）找个理由离开，告诉E小姐，他不在台北。

这点K做得到，但他觉得自己很委屈，很不愿意做。

K先生说：“我又没有做错什么，为什么被逼得要离开台北的人是我？”

（我最近很惊讶地发现，在我周遭有成就的男性朋友中，像

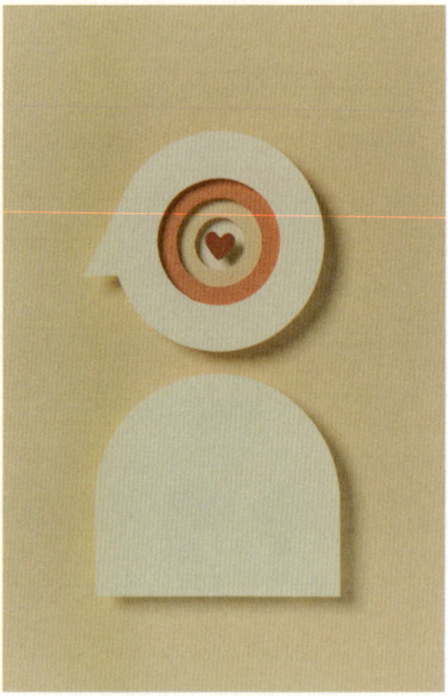

Mr.K 这种男人还真是不少啊。)

老实说，对于K先生的问题，我已经“束手无策”了。倒不是不知道办法是什么，而是好办法他都做不到。对于像他这样的“老狗”，我实在玩不出新把戏了。

眼看E小姐这几天就要到了，K先生该怎么办才好呢?

好了,现在我要替 Mr.K 征求新的爱情顾问。麻烦全球的贤达、有爱心的人士把意见写在留言栏里。我请他自己拜读。

# 爱在旋转

不少人关心 Mr.K 最后做了什么决定。老实说我也很关心。我打了一个电话给 Mr.K，结果他的手机关机。

侧面打听的结果，果然不出所料，他买了张机票，一个人孤独地离开台北，度——假——去——了。

(唉……也不知道这么多爱情顾问的留言他拜读了没有。)

很多人觉得 Mr.K 不够爱 E 小姐。关于这点，Mr.K 也不否认。他告诉我：

“我们在一起就是会吵啊。如果她真的可以改变这个，改变那个，我当然会更爱她。可是事实就是这样，我不想欺骗自己的感觉，也不想欺骗对方啊。”

我虽然不是双方的密使，但我的确曾和 E 小姐谈过“改变”这个话题。

E 小姐说：“如果这个男人真的爱我或者他是我的终身伴侣，我当然愿意为他改变。可是前提是他得先爱我，让我感受得到啊。否则就算我勉强自己改变，又有什么意义呢？”

嗯，双方说得好像都很有道理。

“那就分开吧。”我说。

“可是就是想在一起啊。”

（现在知道爱情顾问不好当了吧？）

不知道为什么，这些对话总让我想起小时候听过的一首歌，歌词是这样的：

*爱在旋转，我在爱的旋涡里转圈圈……*

既然爱情需要两个人，好像真的很难不为彼此改变。这似乎成了爱情的核心问题：

到底是先改变了才有爱情，还是先有了爱情才改变呢？

乍看之下，伟大的爱情似乎永远考验着人性。

歌颂爱情的人认为：不愿意为爱情牺牲自我的人是自私的，而自私的人是没有资格享受爱情甜蜜的果实的。

但从哲学家的角度来看，如果个人的意志不存在，我们生存的意义就消失了。因此，无论是爱情，还是任何伟大的概念，都不值得我们勉强自己，为了它放弃个人的意志。

到底孰是孰非呢？

我也想不明白，为什么度假的是K先生，伤脑筋的人是我呢？

在爱的旋涡里转圈圈。

## 就是要变来变去才叫感情啊……

差不多安静地过了一个礼拜，Mr.K 从国外“度假”回来了。

我问他：“你读了我们 facebook 上四百多个爱情顾问的建议了吗？”

他嘟着嘴说：“你没有把前提讲清楚。”

“什么话没有讲清楚？”

“E 小姐不是和前男友去看表演，而是，”他说，“她是和前男友一起出国去看表演。”

“差很多吗？”

“差很多好不好。你提出的问题，和我面临的问题根本不一样。”

噢。“所以呢？”

“我看我们也只好这样了。”Mr.K 很无奈地表示。

我们两个人都沉默了一下。

“度假还好吗？”

他点点头：“看了几本书，想了一些事情，还在沙滩上看着美女走来走去。”

“有艳遇吗？”我问。

他摇摇头。过了一会儿，又说：“倒是有个单身的女孩子，看起来是华人，可能来自新加坡或香港吧，看起来还算清秀。吃早餐的时候，就坐在我旁边的那一桌。吃完早餐，我就拿书来看，她没干什么，就坐在那里。一直坐到大家都走了，只剩下我们两个人，她还坐在那里。”

“她在等你去开口搭讪吗？”

“我也不确定。”

“那你去搭讪了吗？”

Mr.K 摇头：“本来动了一下心，可是后来想想，还是算了。后来我看了半个小时书，起身离开，她也跟着离开了。就这样。”

应该是等着 Mr.K 去搭讪吧。不过情节听起来有点没哏就是。

“奇怪了，像你这样的无聊失恋男子，为什么不过去搭讪？”

“我想了想，觉得那个女孩没有那么优啊，还是算了。经过这一次之后，我深刻体会到，原来谈恋爱是要付出很高的代价的啊。”

“代价？你在算计损益啊。”一想到 Mr.K 是商业金融出身，我说，“你这不是在做生意吗？”

“不是做生意好不好？你不要老是不把话听清楚。”Mr.K 说，“我的意思是你追求的爱情，起码能达到让你有感觉的标准，你才愿意付出嘛，不是吗？”

“那还不是一样，就是在计较损益平衡。”

"假如说我需要的标准是10分，现在这个女孩只有3分，那我根本懒得行动。但假如这个女孩的总分有10分，我可是愿意付出100分的代价来追求她啊。我从来没有要占人家便宜啊，我从来没有要损益平衡啊，怎么会说是做生意呢？"

"噢。那请问，"我又问，"E小姐有超过10分吗？"

"当然有。"

"那现在怎么又不行了？"

"我的意思是说E小姐一开始当然有10分，可是在她做了那件事之后，她在我心目中的总分当然急剧下降。现在已经掉到10分以下，不对，应该说5分都不到。"

"你是说，一个女孩在你心目中的总分是随着时间不断变来变去的？"

"是啊。"

"可是这样想很可怕欤，任何一个女人跟你在一起，随时要保持在10分以上？"

"当然啰。只要她在我心目中一直维持10分以上，我很愿意付出100分的代价，爱情不都是这样吗？"

"可是结婚誓词不是说：我承诺，无论顺境或是逆境、富裕或贫穷、健康或疾病、快乐或忧愁，我将永远在你身旁做你的丈夫/妻子……这个意思就是说，现在10分，以后不管发生了什么事，也永远是10分的意思啊。这种天长地久才是真正的感情啊。"

是能变来变去的还是不能变来变去的才是真正的感情？

“我觉得这不是感情。”

“为什么？”

“你小时候喜欢吃糖果，现在还喜欢吗？”

摇头。

“你小时候喜欢吃汉堡、薯条，现在还喜欢吗？”

我摇头。

“这不是变来变去吗？”

我没说话。

“只要是人，哪有情感不是变来变去的呢？不能变来变去的就叫合约了。就是计较损益平衡才会签合约，有了合约的关系才叫做生意。

“所以，真正计较损益平衡的不是像我这样的人，而是在结婚证书上签约盖章的人。如果不是计较损益平衡，哪需要签约盖章呢？”

听起来好像很有道理啊。

原来像侯先生和雅丽小姐这种结婚二十多年的关系才叫作“合约”关系……

如果没有合约关系，侯先生和雅丽小姐会一直相亲相爱吗？

……

所以，到底能变来变去的是真正的感情呢，还是不能变来变去的才是真正的感情？

Mr.K 又让我陷入“左右为难”的状态了。

# 这回谈的是政治

自从我在脸书征求 Mr.K 的爱情顾问之后，几天内，就有四五百个人给 Mr.K 留言。有人觉得这是一个开放的社会，Mr.K 应该用更开阔的心态面对；有人建议 Mr.K 勇敢地面对自己，也有人建议 Mr.K 应该适度地示弱；有人抱怨 Mr.K，也有人表示自己和 Mr.K 是一模一样的男人，并且用自己的经验告诫 Mr.K，除非他遇到一个愿意包容、体谅他的女人，否则恋情很容易无疾而终……

这故事，还有没有下文啊？发文之后，不时有人好奇地问我。

有的。（老实说，连我自己都好奇呢。）

Mr.K 度假回台之后，E 小姐还留在台北出差。在 E 小姐坐上飞机离开台北之前，他们两个人一起出去吃了一顿饭。

“是谁先约谁的啊？”我问。

“是 E 小姐传短信问我有没有空的。人家既然约了，我就说好啰。”

“结果怎么样？”

“没怎么样。”

“没怎么样是什么意思？”我好奇地问。

“我们就像平时那样吃饭，我们聊得还算开心。”

“她和前男友出国的事，你们没有谈开来？”

Mr.K 摇头：“E 小姐倒是有问：‘最近你好像都不太理我了？’”

“你怎么说？”

“我没有回应啊。一下子就岔开话题，谈别的事了。”

“为什么不回应呢？”

“什么白痴问题嘛！我人不是都已经出来了吗？哪有不理她。”

“可是你们曾经是男女朋友，现在在一起，什么都谈，就是不谈感情的事，不是很奇怪吗？”

“我这次去度假时想通了。既然她不再让我有 10 分以上的感觉，那么我们就应该像其他有公事往来的朋友一样，跟她是这个等级的好朋友。”

“什么意思？”我不解地问。

“那就是，如果其他公事往来的好友约我吃饭我会出去，那么 E 小姐约我我就出去；吃完饭如果我不送同等级的好朋友回家，也就不送 E 小姐回家；离开台湾时，如果我不送其他朋友去机场，那么也就不送 E 小姐去机场。就这样，很清楚。”

“你这样的想法有跟她说吗？”

Mr.K 摇头。

“为什么不说？”我问。

“处理众人之事就叫政治。”

“因为我宁可相信行为，不相信言语。再说，不说比说了好很多。”

“为什么？”

“哎呀，人就是这么奇怪嘛。如果真的什么都说开了，就连当这种程度的好朋友也不行了。”他点起了一根烟，在一片烟雾弥漫中，语重心长地说，“这是最有情有义，也是对大家都好的唯一的办法了。”

我想了一下，总觉得哪里怪怪的。我说：“可是我觉得你这样高来高去的，什么都不说，真的很像政客哎。”

“这本来就已经快变成政治了。”

“啊？政治？”

“对啊，处理众人之事就叫政治。”

“众人之事？”

“三个人以上就叫众人。”

“可是，”我说，“这件事也不过只有你和E小姐两个人……”

Mr.K打断我说：“你忘了，还有另外一个人。”

噢。前男友。我恍然大悟，原来这几天我们一直在谈的，在Mr.K心目中不是爱情，而是政治问题啊……

当然，用政治的逻辑是说得通啦，可是总觉得，无论如何，还是有些怪怪的。

Mr.K又抽了一口烟，吐出了一大片烟雾，害我有种错觉，仿佛自己也陷在那一片拨不开的朦胧里。

# 旧情复发最不宜

总之，Mr.K 正式宣告，他又失恋了。这样的宣告，与其说是失恋，还不如说他是昭告天下：他又恢复单身状态了。

就在这样的状态下，Mr.K 接到了十多年前的外国女友打来的电话：

“我在台北了，想和你碰个面。”

他们约在晚上九点在饭店大厅见面，因此，七点钟的时候，虽然 Mr.K 和我吃着晚餐，可是他显然有些心神不宁。

“啊，”我起哄，“旷男怨女，干柴烈火。”

“你不要这么下流好不好，我们现在是老朋友，而且人家已经有老公了。”

“噢。”我识趣地闭上了嘴。

十点钟左右，我接到了 Mr.K 的电话，神秘兮兮地压低了声音，要我一分钟之后打电话给他。

“你现在人在哪里？”我问。

“我在她房间的厕所。”

“你们不是约在饭店大厅见面吗，怎么会跑到她房间？”

“别管那么多了，一分钟之后，打个电话给我。就算帮我一个忙，好吗？”

“到时候我要说什么呢？”

“你打电话来就是了。”

我挂断电话，等了一分钟，又拨了电话过去。

“喂。”我说。

“啊，文咏，对不起，对不起……”

我有点傻眼了，不知道该怎么回应。不过他似乎一点也不在乎，自顾自地说着：

“真糟糕，我都忘了，我马上就到……”他就这样一个人在那头说了一两分钟“单口相声”后，才挂断了电话。

隔天我问他：“到底怎么回事？”

“不这样我没办法脱离现场啊。”

“你不是说你们是老朋友吗，干吗要脱离现场？”

“她说她的老公对她不好，在外面有外遇，他们常常吵架，她说着就哭起来了。”

“噢，听起来不太妙，”我说，“想想，情人还是旧的好……”

“看她哭起来，我只好过去安慰她，没想到越是这样，她哭得越厉害，我只好拍拍她，安慰她，然后，她就靠到我肩膀上来哭，泪水把我的衣服都沾湿了。我扶起她的脸，看着她……”

情人还是旧的好……

“不是跟你说了吗，旷男怨女，干柴烈火……”我说。

他没说话。

“结果呢？”我有问。

“有件事情忽然让我清醒了过来……”

“你想到了她的老公，对不对？”

沉默。

“没想到你还蛮有道德情操的嘛。”我说。

Mr.K 无言地又看了我一会儿，淡淡地说：“我注意到她变得和从前不一样了。”

“怎么不一样？”

“她的脖子上有皱纹，皮肤变得松松垮垮的。”说完 Mr.K 叹了一口气，“岁月不饶人啊。”

# 还真是失敬、失敬啊

又过了好久，Mr.K 还是维持着单身状态。当然在这期间，他也曾试图交往新的对象。只是，情况似乎没有什么进展，因此，成天“唉唉”叫的情况有加剧的倾向。

有一天，我忽然想到，也许问题全出在 Mr.K 对女孩“外貌”的要求太高了，因此建议他，可以把对外貌的要求标准稍稍降低一点。

“外貌A级的女孩本来比例就少。就算好不容易出现了，她们不但竞争者众，所到之处形成一片爱情红海不说，她们的内涵也未必和外貌一致。如果非要用你原来心目中A级的标准来筛选对象的话，在我看来，找到理想对象的机会是非常渺茫的。反过来，你只要把外貌标准稍稍放低一点，你的追求样本数立刻变多了。这样，你反而有机会转换爱情红海战场成为蓝海，在更宽阔的环境中找到你的真命天女。”

Mr.K 想了一下，语重心长地对我说：“我觉得我真正的问题不是这个。”

“那是什么？”

“我觉得最大的问题是我老了。”

我本来以为 Mr.K 说的是年老色衰的“老”，正想称赞他的反省力时，他却说：

“因为老了，少了一种年轻时无知的冲动，不管是外貌还是内涵，只要稍稍觉得不对劲，将来有可能不喜欢对方，自己干脆一开始就打退堂鼓了。或许因为不想将来分手时辜负别人，因此，宁愿让自己错过很多很好的机会……”

唉，原来“老”的意思不是“年老色衰”，而是“品格崇高、自然伟大”的意思。

天大的误会，对 Mr.K 还真是失敬、失敬啊！

# 暗“贱”难防

有一次，我和雅丽、Mr.K 在一起喝咖啡。Mr.K 说：“文咏很厉害，能写各种文类，但在我看来，他写得最好的是小说。”

“是。”我说。

被别人称赞，当然不是什么坏事。但是如果称赞来自 Mr.K 的话，一定要小心。

“写小说要安排情节，铺陈故事，因此虚构的能力很重要。”

“当然。”我一边回答，一边觉得不太妙——怎么感觉像个陷阱。

“虚构能力，说得浅白一点，就是说谎的能力。”果然，Mr.K 开始露出马脚了，“因此，优秀的小说家一定是最会说谎的人。”接着，Mr.K 话锋一转，对雅丽小姐说，“你真是不容易啊，能跟写小说的在一起生活这么久。”

雅丽小姐果然中计，深信不疑，立刻问我：“是啊，我怎么都不曾想过这个问题。你每天都对我说谎吗？”

我连忙分辩：“虽然李连杰功夫很好，但跟他生活在一起，也不一定每天都要打打杀杀啊。”

雅丽小姐这才算露出满意的笑容。

我松了一口气。唉，还真是明枪易躲，好朋友的暗“贱”难防啊。

明枪易躲，好朋友的暗“贱”难防啊。

## 找你拍《色戒》，接不接？

有一次和康永、张钧宁以及朋友 Mr.K 聊天。

康永问钧宁，如果当初李安找她拍《色戒》，必须在尺度上做出很大的牺牲，她接不接。钧宁想了很久，摇头说她真的不知道。

我反问康永如果他是女生接不接，康永想都不想就说接。我问：“为什么？”

康永说：“不想忍受将来理解到自己错过了什么时的懊恼。”

“可是，”我说，“如果片子拍出来不怎么样呢？”

“那也胜过什么都没发生的人生。”

真是勇敢的逻辑呢。

“你呢？”康永问我。

“我啊……”

正想着，Mr.K 就抢着毒舌说：“你的身材啊，我看最好不要。”

我仿佛听见了一声枪声，在我还来不及反应之前，Mr.K 已经得逞了。唉，江湖险恶，好朋友暗“贱”最难防啊。

江湖险恶，好朋友的暗“贱”最难防啊。

# 卷五：哈哈哈哈，哈哈哈

5

# 呛

我一直觉得“呛声”是一种很传神的说法。根据网络字典，“呛”的字义如下：

【动词】

（1）刺激性的气体进入嗅觉器官、呼吸器官或视觉器官，使人感觉难受。

（2）吃、喝或游泳时水或食物进入气管引起咳嗽又突然喷出。

（3）难受。如：冻得够呛。

（4）受，忍受。如：呛劲（憋足劲头，奋力）。

（5）〔方〕出言挑衅。如：呛声。

不像叫嚣那种主动挑衅的意味，“呛”有种被动、忍受、不得不发出的声音的意味。我喜欢这个字的姿态里，那种叛逆、高贵、理直气壮又义无反顾的美感。

只是，那么美丽的姿态是我做不到的。我虽然也呛声，但我自觉自己的姿态更接近呛呛呛呛，呛呛呛。

细细琐琐地呛啊呛，一点也没有你死我活的杀气或一刀两断的

是非黑白，听着听着，反而是有种戏要开场了，锣鼓声急促的那种热闹与喜气……

# 可不可以让“嘿咻”就只是“嘿咻”啊？

最近读报纸的医学报道，读到最焚琴煮鹤的新闻莫过于这一篇了：

每周“嘿咻”两次，保护心血管——心脏病发作减少百分之四十五，冬天性爱也可以预防感冒。

读到一半，差点没从床上跌下来。

这篇报道的根据是刊登在《美国心脏科学期刊》的一篇学术论文，内容来自新英格兰研究人员对一千多名四十五岁到七十岁之间的男人长期追踪统计的结果。

之所以差点从床上跌下来，不是我对每周“嘿咻”两次有意见，而是觉得，这些科学家是什么心态嘛！

“每周‘嘿咻’两次，可以保护心血管，心脏病发作减少百分之四十五。”这样的说法，听起来简直就像老师孜孜不倦的教诲：“如果每个礼拜K数学两次，就可以使数学成绩变好，被‘当’的机会减少百分之四十五……”

问题是，“嘿咻”实在不像数学一样，是那么令人讨厌的事情。

就好像有人跟我这种喜欢写文章的人说：“加油噢，只要每个礼拜写两次作文，就一定可以在作文比赛中得奖噢！”

我一定会觉得，搞什么嘛？我写作文可是因为开心啊，这跟什么得奖不得奖一——点——关——系——都——没——有——好不好？

像我这种个性的人，本来一个礼拜写六次作文，假如听到人家这么“教诲”，我也许只剩下两次都不到了。

为什么呢？

因为另外那多出来的几次，只要想到是为了要得奖，写作文的乐趣和兴致就——完——全——消——失——了。

现在，“嘿咻”也是一样的。如果对象没问题的话，大家应该都喜欢“嘿咻”吧。可是如果你在“嘿咻”的时候，一直有人在你身旁耳提面命，说着：“加油噢，再一次，就可以保护心脏，减少心脏病发作百分之四十五了噢……”你还会生猛有力吗？

唉，经过科学家这么一闹，真怕在“嘿咻”时，忽然什么“保护心血管”的声音就这么无可抑止地在脑海里浮现出来了。这么一来，“嘿咻”的滋味大概很难不令人联想到为了考试而做数学题的那种感觉。至于这么一来，到底会发生什么后果，也真的不是我能控制得了的啊……

（那种感觉还真糟啊！）

拜托，科学家，别闹了好不好。“嘿咻”一定要为了什么吗？

就像“休息就是为了休息”“走路就是为了走路”，而不是“休息是为了走更远的路”，或者“走更远的路是为了休息”。

可不可以让“嘿咻”就只是“嘿咻”啊？

# 天下乌鸦

这张照片，是在纽约最贵的百货公司之一——Bloomingdale's的女装楼层拍的。

虽然雅丽小姐占了前景画面，但重——点——不——是——她。

我是为了拍她身后那个陪太太逛街的男人，请雅丽小姐当掩护的。

为什么要拍那个男人呢？因为从他身上可以看到的事情太有趣了。

首先，Bloomingdale's卖的都是名贵的设计师名牌，所以，别小看他只有三只购物袋，他“流血”的程度和我们去五分埔买成衣是绝对不可同日而语的。更何况，他老婆还在继续“杀”呢。所以，他心中滴的一定不只是普通的血……

再来，Bloomingdale's标榜的可是“时尚”“潮流”，在那里出出入入的，不是有钱的老爷、贵妇，就是时尚的型男、模特儿。可是你看他那样的打扮，从头到尾就是完——全——一——副——不——认——同——百货公司文化的观光客表情。

接下来，你看他那不耐烦的坐姿。在Bloomingdale's里，尽管连椅子都是名设计师设计的“潮”椅，不过，老实说，坐在那里的都是男人。杀红了眼的女人，除了试鞋的以外，是——没——

要不是为了我们家那口子，老子我可是一点兴趣都没有呢……

有——人——坐——在——椅——子——上——的。

（他心里的“画外音”可能是：要不是为了我们家那口子，老子我可是一点兴趣都没有呢……）

最后，是那个男人的大墨镜。百货公司的光线有什么好刺眼的呢？除了不想让人看到他那无奈的眼神之外，有什么理由要在晚上的百货公司里，戴那样的一副墨镜呢？

总之，照片里面那个男人所散发出来的一切，从某个角度来说，很吸引我。

我在想，那个美国男人的一切表现，应该说中了全世界很多男人心中不能说出来的秘密吧。

当然，那是美国的男人。无独有偶，昨天，我在报纸上读到了另一则台湾男人陪老婆采购的新闻，以及老公的做法和反应，完全是不同的示范，正好和我这张照片来别别苗头。

台湾的男人到底有什么不一样呢？这则新闻的标题是这样的：

**陪妻买年货　半路去买春**

读完报道之后，我对这位台湾的“时间管理大师”嘟起嘴“啧啧”了起码有一分钟之久。

真不愧是一个不断创造奇迹的地方啊。

# 心想事不一定成

说起过年，发现最近大家忽然流行起短信拜年来了。

这些短信往往是写好（或 copy、paste）的套装贺词，再把所有朋友的手机号码找出来，一个按键，全部发出。

这样拜年，虽说也是祝福，但有时实在让人有点不知所措。有些朋友，平时说的话不是这样，可是现在写来的通通是顺口溜，满篇全是发财啦、金银财宝啦怎样怎样的，一看就知道是抄来的“罐头贺词”。明明平时还算熟的朋友，竟连一句像是“近来好吗？”“春节还开心吧？”“别吃坏肚子啦！”这样的真情流露也没有。这很奇怪。

因为贪图方便，发贺年短信时是通稿，因此短信没有像是“文咏”这样的名字抬头也就算了，有时还没有写是谁敬贺的。搞得莫名其妙，连该怎么回也不知道。

（总不能没头没脑地也丢回去另一组罐头贺词吧。）

这已经很伤脑筋了。有些时候，贺词忽然跳出来“万事如意”“心想事成”这类的话。一看到这样的贺词，我不免要想：不要吧。

如果“万事如意”“心想事成”真能实现的话，一定是超级大灾难、人类大浩劫吧。

一看就知道是抄来的“罐头贺词”。

举例来说，我小时候的新年愿望就是：学校过年时被火烧掉，这样放完假之后，就可以不用去上学了。还有，我希望班上那个最讨厌的同学放学时撞到电线杆，然后脸上包着石膏三个月，这样我就可以不用天天看到他那张脸。像我这样有坏“愿望”的人应该不少，更何况一定还有希望美国人死光光的恐怖分子、希望情妇死光光的大老婆、希望政敌中风的反对党领袖、放空股票并希望股市崩盘的投资客……

已故作家迈克尔·克莱顿（Michael Crichton）写过一本叫《神秘之球》（*Sphere*）的书，想法就和我一模一样。故事内容是一群美国人组成的精英团队被派到海底去探勘一颗可能是来自未来的神秘球体。随着故事开展，每个进过那颗球体的人都得到了一种能量，可以“心想事成”。

结果世界有没有从此变得美好？没有。所有人心中的负面、恐惧发酵的结果，一切果然变成了超级大灾难……

所以，看到“万事如意”“心想事成”这类的话，心里还是有点毛毛的。幸亏老天创造了一个万事不一定如意，心想事不一定成的世界，我们才有机会安居乐业。

只是，收到短信总要回复才有礼貌吧？“万事不一定如意”或“心想事不一定成”这样的实话说出来得罪人。不想得罪人的话，又得说出违背心意的话。

不知道是老天，还是人类自己把自己搞成这样。

每次过年都伤脑筋呢。

# 叫我 ×××……

粉丝网页上有人喜欢称我侯大哥，网络上的朋友称我侯老大，医院的同事称侯医师，服役朋友叫侯医官，研究所学生叫我侯老师，演员叫我侯制作，儿子学校老师叫侯爸爸，泰国出版社老板叫 Mr. Hou，也有人直截了当地叫文咏……我都喜欢，唯独称呼“大师”太高调，称“大叔”又太伤感情，怎么听都觉得怪怪的，如果可以的话，能免就免。

人与人之间的称呼虽然只是简单的代名词，但要考虑到年龄、辈分、亲疏远近，说起来其实挺值得玩味。大部分的时候，称呼其实不只是称呼，在看不见的深处，还定位了距离，也定位了地位高下。好比说，有些公司喜欢直呼名字。这样的习惯落实到咱们地方来，老板叫你 John 是亲切，如果你也有样学样叫他 Peter，那恐怕就是你不识好歹了。

称呼透露的不只是关系，也透露了岁月。舞蹈空间的平珩说到她称呼云门的大师林怀民时是这样说的：“小时候林怀民来我们家，我们叫他林叔叔，长大了在学校教书，叫他林老师，现在跟他熟了，叫老林。”搞得我这种认识林怀民也有一段时间的晚辈，见了人，却不知该如何称呼他才好。

我在台大医院服务的时候，学生对不同等级的医师称呼有不成文的潜规则。从住院医师到总住院医师阶段，我被实习医师称“学长”。升了主治医师之后，学生立刻改口称“老师”。在教学医院里，“老师”这个称呼是尊贵万分的，通常从主治医师、讲师到教授一体适用。不过一旦升到了副教授之后，他们就开始逾越地称你“教授”。一旦当了教授，又被提升为 sensei。sensei 来自日文，其实就是老师的意思，但是因为老一辈的教授多半受过日本教育，因此，被叫 sensei 比“老师”多了一层“德高望重”的含义，更显尊贵。这些称呼，虽然没明文规定，但是在那个年头，除非学生太白目，否则很少有人弄错。

在公司、组织里，逾越的称呼不少，不过这年头流行自动降级。我的朋友 Mr.K，明明年纪小我不多，却坚持我儿子不可以叫他“叔叔”，要叫“哥哥”，和我儿子说起话来，开口闭口“你爸爸那一辈”，俨然一副青春年少的模样。这也就算了，真计较起来，要他称呼我“叔叔”又不肯。一副只想吃我豆腐，宁可我负天下人，不可天下人负我的得意表情。

另外一次让人跌破眼镜的是我在台北之音主持《台北 ZOO》广播节目的时候。因为是以青少年为对象，因此在节目中我的口头禅是：你们侯大哥，你们侯大哥……有次我邀请了陈履安先生来上节目。他显然预做了功课，听过了我的节目，一开口问候大家就说：

“各位听众朋友早，侯大哥早……”

陈先生年高德劭，我一听心里立刻嘀咕：“哇哩咧……”

最夸张的是雅丽小姐。

我们彼此的称呼从张医师、雅丽、雅丽小姐、女王陛下到哈啰，视情况而定。有一次我从法鼓山打完禅三回来，也介绍她去参加下一期课程。法鼓山以“菩萨”称呼每一个人，禅三班的学员则互称“师兄”“师姐”。

课程结束，我开车上山去接她下山。三天的浸润显然对她影响很大，一见面雅丽小姐就对我双手合十，深深鞠了一个躬，说：

“感谢师兄，介绍我来参加这个课程，真是受益良多。”

冲着那句“师兄”，我差不多愣了好几秒钟，直到我恢复神志，也对她一鞠躬。

“师姐不要客气，这是我的荣幸。”

唉，师兄啊，真是荣幸……

別忘記去開會。
侯爸爸：
老公♡
冰箱有水果.
侯大哥：
別忘記出版社約你
週五拍封面照！
師兄：
法鼓山禪三真的
讓我受益良多，感謝！
PAM

唉，师兄啊，真是荣幸……

# 阅读其实是很乏味的

或许因为我是作家吧，只要有学校、单位、媒体开始“推广阅读”，似乎很容易就会想到来问问我的意见。拥护阅读的人士理所当然地觉得我一定支持这样的推广。不过后来发现，我的言论和他们的想象有很大的差距。我自己虽然爱读书，不过在我看来：

大部分的时候，阅读其实是很乏味的。

为什么呢？

我曾在杂志上看到知名演员海清接受采访时说过一句话（记不得原文了），大意是：一个好的演员，一生面对的剧本，大部分的时候是烂的。这成了考验好演员一生的重要的核心课题。此话深得我心。在我看来，阅读的问题也是一样的。大部分时候，我们读到烂书的机会实在比好书大太多了——

这也成了考验好读者一生的重要的核心课题。

先不说这个，就算真的是“好书”摆在面前，还得讲究遇见它的时刻。一本在四十岁的时候被我们赞叹不已的好书，在我们十几岁的时候，未必能够读懂。既然不能读懂，这本书当然又变成了“烂书”，如此一来，读到好书的概率当然很低、更低了。

既然如此，有人问：难道不能直接把好书推广给我们的对象吗？

我的答案是——就是因为这样，我们读到烂书的机会更高了。

为什么？

答案很简单：在我们受教育的过程中，谁不曾读过许多充满了知识、政治、道德、文化正确的“好书”呢？正因为这些好书必须负担这么多的“正确讯息”，以至于它们不再有空间留给创意、自由、惊喜、想象、情感……

少了这些有趣的讯息，阅读还怎么会是有乐趣的事呢？

正是因为这些所谓的“好书”占据了我们大部分的阅读空间，让我们耗费大量的青春、时间去应付相随而来的考试、竞争，因此，对大部分人而言，所谓阅读好书的经验，说穿了，无非就是为了应付考试被逼着不得不做的事。以至于一旦有机会脱离考试生活，大多数的人从此再也不阅读了。

如此，我们造就了许多从小就因为孩子能背唐诗而沾沾自喜，本身却从来不买书来阅读的家长，代代恶性循环。

有一次，有个学校推广阅读，每年选一位作家，全校一起阅读、讨论。有一年他们选了我的作品作为年度主题，邀请我去学校演讲。被问到如何“提升学生的阅读风气”时，我就建议学校推广以“乐趣”为核心的阅读。

阅读是很乏味的。

办法是这样的：

一、每周有阅读时间，开放图书馆，让小孩自由进图书馆读书。

二、图书馆选择书单购书时，必须广泛采纳学生的意见、书单。

三、不规定小孩阅读什么。只要他们喜欢，从严肃文学，到通俗、爱情小说甚至漫画，都可以。

四、花时间和孩子讨论，鼓励他们思考、发言，但千万不要让孩子交报告。

我这样看似随意的主张，面对的质疑不少。

质疑一：孩子会挑书吗？

孩子当然会挑书。孩子的书单往往比大人的书单更贴近情感。更多时候，推广阅读不仅是大人指导小孩的过程，反过来也是大人向小孩学习的过程。我的小说《危险心灵》，也许因为探讨的是国中教育问题，所以拥有最多的青少年读者。它被改拍成电视连续剧播出时，很多家长写信给我，他们和小孩一起“追”连续剧，一起讨论剧情，在这个过程之中，他们意外地在孩子身上发现、了解了他们从来没有了解过的一面。

因此，“找书单”的过程，不是复制想法，而是一个沟通、交流的过程。

质疑二：孩子挑出来的书万一都只是通俗的畅销书，万一将来他们只读这些通俗、言情小说，无法进一步欣赏更伟大、深刻的书籍世界，怎么办？

首先，我认为，孩子的书单绝对不会“只是”这些。根据我的经验，从侦探、悬疑、哲学、冒险……读孩子挑出的书单，不要说一般家长，连我这种专业的“阅读人”，往往也都充满了惊喜、惊艳，甚至还要学习。

再者，就算“只有”这些通俗的畅销书，只要是孩子真心喜欢的，也没有什么不好。我的医学背景给我一个信念，那就是，不管你的医术有多高明，只要病人不肯吃药，你就完全没辙。从某个角度来说，阅读也一样。只要孩子不肯阅读，什么伟大、深刻的“药效”一点也没辙。有没有人想过，常看见推广阅读、推广书香，却从没见过有人推广“上床”？为什么校园美女从来不需要宣传就轰动全校？为什么韩国天团ＳＪ的演唱会的票一开售，几分钟之内就抢购一空？

理由无他，全都是因为有“乐趣”啊。

跟美食的道理是一样的。一个人如果一直喜欢且有机会接触美食，慢慢地，他的品位就会更精致、细腻；同样地，一个孩子的阅读经验如果一直是有“乐趣”的事，慢慢地，他的品位也会变得更伟大、深刻。

最后还有一个质疑，和学校的学生无关，是针对我个人的。

有个记者问：“既然大部分的时候，阅读是乏味的，为什么你还会花那么多时间阅读？”

这个问题让我直接联想到的画面不是图书馆，而是赌场。

赌场里面有一群流连忘返的赌徒，尽管大部分的时候都输，却还是很难离开赌场。道理其实很简单，因为曾经体会过赢的滋味，因此非理性地等待、追求下一次大赢。

对于一个资深读者而言，情况也是差不多的——因为曾经读过精彩绝伦的好书、拍案叫绝的好书，体会过那种“乐趣”，因此，愿意在一次又一次的乏味、失望中，继续追求下一次的“大赢”。

从某个角度来说，推广阅读对我来说，并不是把孩子训练成图书馆管理员，我的想象更接近是把他们训练成赌徒啊！

## 写作既不浪漫，也不优雅……

许多人对于写作这个工作都有一个浪漫、优雅的想象，对于作家的工作形态也多有误会。最常见的，像是这样：

“你像J.K.罗琳一样，在咖啡馆写作吗？”

答案是不会。一方面台北的冬天不像伦敦那么冷，我无须躲到有暖气的咖啡馆去避寒；另一方面，罗琳小姐在咖啡馆写作时，《哈利·波特》还没有出版。我不相信现在罗琳小姐还能在任何一家咖啡馆不被媒体、粉丝干扰，安静地写她的新书。

“那你都在哪里写？”

“在家里，我的书桌上啊。”

“用稿纸写？”

“用电脑，跟你在公司没有什么两样啊。”

“你利用夜深人静的时候写吗？”

“我几乎只在白天写作，跟你上班的时间差不多……”

“啊，就这样？”

“不然咧？”

“以为你会像海明威在《巴黎的盛宴》里面写的那样，住在巴黎豪华旅馆，边写作边喝喝酒还边看过往的女人，你知道的……”

哈，不可能。

第一豪华旅馆太贵，第二喝酒太不清醒，第三看女人太分心——特别是第三条，雅丽小姐是不可能允许的。

“所以，”我说，“这是你对作家的想象？”

“我以为作家都是这样。”说着，他哼起了一首歌的旋律。虽然他没有唱出歌词来，但我仿佛记得歌词是这样的：

风吹着我像流云一样，孤单的我啊只好去流浪，带着我心爱的吉他，和一朵黄色的野菊花……

听他哼着，我笑了出来。

当今世界上一流的职业作家，几乎没有人是用这种方式工作的。我所知道的大作家，多半非常有纪律地维持一定的作息。如村上春树的长跑，已故的美国畅销天王迈克尔·克莱顿甚至还固定吃相同的食物，好维持常规的感觉……

“你笑什么？”

“我在笑，你想的，和现实差太多了。”

在听我说完了作家的工作方式之后，我的朋友问：“啊，如果你们的工作方式和我在公司上班差不多，那不是很无聊吗？”

无聊。这两个字倒有几分精准了。

在很多人的印象中，“作家”的工作状态，可能是才华洋溢的灵光闪现，或者是意气风发的振笔疾书……事实上，那样美好的“作家时刻”是很少的。写作这个工作，花费最多时间的不是这些。

我统计了一下我写《没有神的所在》十八个月的时间里，真正花在“振笔疾书”的时间绝对不超过三个月，就算扣除掉翻书找资料的时间——三个月好了，其余的时间中至少也有三百天，我是坐在电脑屏幕前，一事无成地度过的。

换句话说，把电脑屏幕想象成一面墙的话，“面壁”的生活构成了完成一部作品无可避免、最重要的部分。

至于“面壁”的过程，都在干什么呢？

主要就是反复地想。至于想的内容，很难具体说明。

举个例子来说好了。

我第一次写长篇小说《白色巨塔》，写到三万字左右时，第一次碰到小说中的角色对我“怠工”。他们不但行动变得奄奄一息，对白也柔弱无力。我似乎听到他们在对我抗议着：

“好无聊噢，我不演了。”

尽管我极力“控制”“镇压”角色，但结果只是让作品变得更无趣而已。

我就这样“面壁”了一个多礼拜，越来越慌。就像所有的独裁者一样，实在走投无路了，才会开始想，除了“控制”“镇压”，还

美好的“作家时刻”是很少的。

有别的办法吗？我该跟这些造反的角色谈一谈吗？

这一谈不得了了。我必须重新反省自己对角色的背景、动机、心情的理解程度，甚至我必须重新审视自己，到底我想说的是什么样的故事，我的目的是什么……

在这样的过程中，我慢慢理解、体认到，原来非得更深刻地认识了这个故事，了解了我的角色，我所有的问题才有解决的可能。

那次的结果是，我又删去了三万多字，回到那个分叉点重新开始，才走出了这个死胡同。从那之后，所有写作的过程，无非都是那样重复的“面壁”过程，“创作—思考—毁灭—重新创造……”构成了写作这个工作不变的内在程序。

“既然这么无聊，”朋友继续又问，“为什么还写得这么开心呢？”

这倒是个好问题。

我开始想，或许那个别的工作所无法容许的“无聊”，或者看似无效率的“面壁”，就是写作这个工作最珍贵的部分了吧。正因为那样的空间让许多在创作之前未知或者没被观察的东西有机会浮现出来。也正因为这个浮现，让作家经由“面壁”“无聊”的思考过程，发现更多自身或者自身与这个世界的连接之间丰富的惊喜。

“你别看作家整天坐在那里看似无聊，可是这无聊，”我回答朋友，“正是作家最奢华、最惊险刺激的内在冒险的居所啊。”

朋友似懂非懂地点了点头，喃喃地说：“什么歪理，被你们作家这么随便说说，都变得好像很有道理。”

没有在随便说说啊。我心想，一旦放弃了这个无聊的过程，写作这件事，真的只剩下无——聊——中——的——无——聊——了——啊……

# 蔡康永，你娘卡好[1]

关于在《康熙来了》节目里说别人“娘”应不应该的问题，蔡康永在打笔仗。在我看来，这次我非挺他不可。他和我当然是好朋友，但挺他的理由不是因为交情，而是他说的是对的。

我的理由是这样的：

首先，不管大家对“娘”这个字原来的看法如何，我要说：字是符号。从历史的角度来看，符号所代表的意义是随着时代不断变动的。

举例来说：我们说某个人“很会唱歌”，这是恭维，但在明朝这样说就不行。因为明朝只有乐工、妓女这个层次的人才唱歌给别人听，说人很会唱歌，就是讲别人低贱。

过去我在博客上读到有女生被朋友说成“潘金莲”，她觉得朋友在骂她淫荡，决定和朋友绝交。但她的朋友是熟读《金瓶梅》的人，她觉得潘金莲是个聪明、敢作敢当的新时代女性。

回到我们的主题——“娘”，我想大家应该都同意：“娘”的定

1 “卡好”在台湾是“较好”的意思。

“娘”的定义不止一种。

义不止一种。

我们说某个男生很“娘”，明显地，指的是这个男生的举止像女生。这个部分的疑义不大。进一步追究，当我们觉得一个男生的举止像女生时，背后的立场与解读可能有以下几种：

一、负面解读，认为说男人“娘”是嘲笑的意思。

表示：

(A) 男人应该 man。这个男生一点也不 man。他跟大家不一样，因此错了、丢脸了。

或

(B) 男人是更高等的。被说成像女人，是被贬低了。

二、中性解读。没有赞美，也没有嘲笑，就只是一种状态的形容。

表示：

(A) 男人 man 不 man，娘不娘，这是个人的自由与选择，无关好坏、高下。

(B) 男人没有比女人高等，女人也不比男人高等。不管身为男人女人，没有好坏高下。

三、正面解读。觉得这是一种赞美。

表示：

男人应该多一点温柔、关怀的女性气质，女人应该多点坚强、阳刚的男性气质，大家往中性的“光谱”靠近。这是令人羡慕的事。

（现在最流行、厉害的明星都是往中性靠近的。中国传统说的“温良恭俭让”也是一种较靠近女性的美德。许多政治领导人：马英九、奥巴马、温家宝也都相对中性。）

不知道大家的立场是什么，可以确认的是，如果不站在第一种负面解读立场的话，“娘”是骂人的意思就很难成立了。

但问题是，第一种立场的论点，包括男人非 man 不可，或者男人比女人高等，这样的认知对我来说，简直是无法忍受的。对我来说，如果我们容许有人靠着外在的肤色、性别、种族、语言、阶级……来分别或贬抑别人，我们当然要站起来极力对抗。毕竟那不是“男人”或“女人”的问题，而是人类的问题。

我更喜欢第二、第三种的解读立场，因为那里面存在一个人类对美好世界的想望。

有人觉得蔡康永在硬拗，但我一点都不觉得。我觉得康永在做的是把人推向更美好、关爱、和谐方向的一种宁静革命。作为一个“同志”，有些话站在他的立场也许说不清楚，但我这个“非同志”很乐于替他说。这是“人”的问题，无关同志不同志。

因此，我要大声说：蔡康永。我挺你。你娘卡好。

不只“你娘卡好”，我觉得任何一个男人，“娘”没有什么不好，就像任何一个女人 man 也没有什么不好一样。

## 娘什么娘？

既然提到了“娘”，顺便再说一件事。

《不乖》这本书发行之后，引起不少讨论。不过其中我最意外的评论是：“这个封面有点娘。”我对“娘”倒是中性看待，上回说过了。只是，好奇如我，对于这个意外的评论一点也不想放过，于是卯起来发脸书问大家：

这个封面看起来有点“娘”吗？觉得有的话，为什么？

我得到的回复不少，并不是每个人都觉得有点“娘”。但是有这种感觉的人指出，由于右手手指比较翘。手指往上翘的结果就是看起来感觉比较“娘”。

为什么手指翘看起来比较“娘”呢？这样的视觉，为什么会在人类的心里产生了这样的形象呢？

于是我又在脸书上请教大家。

有些人觉得我的问题很无聊。因为，感觉上这样就是这样，这是很直觉的问题。

老实说，这样的说法一点也无法满足像我这样的“好奇猫”。幸好有考古学专家告诉我，在古代，手往上翘，是属于“女红”才会出现的动作，而男人“捕猎”“耕作”的手，手指基本上是没有机会往上翘的。而这样的动作又在戏剧中被夸大，久而久之，手指上翘，就有“娘”的嫌疑了。

嗯，听起来很有道理。

不过我的问题又来了。

在我们这个时代里，大部分的女人已经不做女红了。反而是打键盘的手取代了做女红的手，成了我们这个时代常见的手指上翘的形象中排行第一名。换句话，只要工作必须大量利用电脑的人，大部分的时间，手指位置都是往上翘的——

并且，这样的工作形象是不分男女的。

因此，在过去，手指往上翘“娘”的印象，到了电脑时代已经落伍了。手指上翘的手，在现在这个时代，可以来自任何的性别。

不但如此，在我们心中许多关于“man”“娘”动作的刻板印象，恐怕都得重新定义才对呢。

# 那些我一直信以为真的事……

小时候读到岳妈妈在岳飞背上刺“精忠报国”时，课本的画面是岳飞跪在妈妈面前，妈妈就在背后给岳飞刺字。那时一边朗诵课文，就一边觉得简直不可思议，想不通：岳妈妈到底是怎么刺、用什么刺的？

那时候，班上有个自视甚高的才女用一副少见多怪的表情对我说：“那时候的女人都会刺绣，难道你连这一点常识都不懂吗？”

这一说，可把我唬住了。因此，有好长时间，我一直以为岳飞背上的“精忠报国”长得就跟制服上用“电绣”绣出来的学号字体一模一样。

过了十几年，我进了医学院学了免疫学，这个故事才有了新的进展。那时候，新的问题又出现了：

刺在背上的“精忠报国”，难道不会造成免疫排斥，进一步导致皮肤溃烂、二次发炎，甚至是全身性的败血病吗？

经过几个医学院的同学讨论，这个原来坚信不疑的认知又有了新的修正，大家一致同意：岳飞背上的字，应该是刺青才对。

不过这么一来，新的疑惑又来了：以岳妈妈这么一个农民出身

岳妈妈哪里学来刺青这个技术?

的女人，她哪里学来刺青这个专业技术？她学这个，是只为了给岳飞刺青，还是她也兼营“刺青”这个行业？

也许有读者会问，为什么不上网查一查呢？

必须声明的是，在我读医学院的时代，世界上还没有所谓的“网络”这回事——当然也就没有什么google或“雅虎知识”可查。况且，作为医学生也不是整天闲着没事干。因此，这个新的疑惑也就这样不明不白地持续下去了。

总之，直到这个世界已经变成了一个人人都可以上网查点什么的世界，我又想起这个问题时，我的认知才又有了新的变化。当然，这小小一步的进展，又花了我二十多年的时间。

先说一件和岳母无关的事。

我记得在服役时，我曾以每篇政战心得报告和小兵交换两个小时“工时”的标准，和小兵做了不少交易。一方面，作为军官，我需要更多的人力来维护我的责任清洁区；另一方面，要原本就从事劳动工作的小兵写满一张稿纸的心得报告，简直比要他们的命还要可怕。可以想见，我的“代笔”业务蒸蒸日上。很快，我手上就有好几百个小时的“工时”可以调配。

有一天我看见我的小兵赤裸着上身，在除草，忽然心生一计。我剪好了各种字形：将、士、象、车、马、砲……让除草前的小兵贴在胸前、背后。经过一个下午阳光充分暴晒之后，隔天让小兵脱下上衣，黝黑的前胸、后背立刻露出了将、士、象……的鲜明大字——就这样，我调兵遣将，不到一个礼拜，就拥有一副完整的“人肉象棋”了。

周末休假在营区，我在空地画上棋盘，两边还各自设立指挥台。由于部队长酷爱下棋，于是我就特别请他来担任对手。

一声令下，我让小兵各就各位，脱掉上衣，戴帽子的一组露出了胸前背后将、士、象、车、马、砲、卒的黑底白字的职衔，没戴帽子的另一组则露出帅、仕、相、車、馬、炮、兵的职衔。

一场将士效命的楚汉之争就此摆开阵势。

部队长摆了摆手，表示让我先手。

“炮二平五！”我说。

就这样，我看见全世界最栩栩如生的棋子，在我面前动了起来。

回到岳妈妈身上。

关于这个让我迷惑了几十年的疑问，我在网络上查到的说明是这样的。

岳飞刺字这件事，最早见于元人所编的《宋史本传》：

初命何铸鞫之，飞裂裳，以背示铸，有“尽忠报国”四大字，深入肤理。

意思是说：当岳飞蒙受不白之冤时，大理寺官员何铸负责审理他的案子。面对欲加之罪，岳飞撕开衣服，露出了刺在他后背上的四个大字“尽忠报国”，何铸见其字早已深深嵌入肌肤。

从这个记载，我们了解到：

首先，岳飞背上的确有刻字，但刻的是“尽忠报国”，不是“精忠报国”。

“精忠岳飞”是宋高宗表扬岳飞作战有功，赐给他的一面旗帜。岳妈妈在岳飞小时候给他刺字时，皇上必然还没有颁发“精忠岳飞”的旗帜，如此推论，岳妈妈在岳飞背上刺的是“尽忠报国”似乎更加合理。

但问题又来了。

岳妈妈给岳飞刺字这事，正史是查无根据的。当然，查无根据不代表就没有，只是像岳妈妈这样一个宋代普通农民之家出身的女人，基本上是不认识字的。更何况，要岳妈妈同时又掌握刺青技术的可能性，更是微乎其微了。

因此，大部分的史学家都同意：岳妈妈在岳飞背上刺字的传说应是后人为了增加戏剧效果，编出来的故事。

话又说回来，既然岳飞背上的字真的存在，那么，替岳飞刺字的是谁呢？历史上众说纷纭（有兴趣的人自己上网查）。可以肯定的是，岳飞身为统帅，如果不是经过自己授意，应该是没有人敢随便在太岁爷头上动土的。

如果岳母刺字的故事是编出来的，那么，给自己刺字的岳飞，真实的动机又是什么呢?

一定有人会说：就像勾践卧薪尝胆一样，这应该是为了给自己惕厉吧。

一段历史公案到此本来应该差不多水落石出了。

不过，我忽然想起服役时的人肉象棋大战。大战的场面让我想起一个惊人的事实，那就是：

棋盘上的小兵是看不到自己背后的字的。

这么一来问题又来了。和小兵一样，岳飞应该也看不到自己背上的刺字才对。既然看不到，刺青又不痛不痒，怎么可能用来“自我惕厉”呢?

这么一想，岳飞刺在背上的字，应该是为了给别人看的吧。

继续往下推敲，为了给谁看呢?

岳太太是可能的候选人。但是床笫之间，床上的男人一翻身，赫然四个大字“尽忠报国”，对闺房情趣一点帮助也没有，可见不是为了给岳太太看的。排除掉岳太太之后，下一个最可能的候选人，在我看来，就是同袍了。

想象岳飞身为部队长，站在队伍的最前面跟着士兵一起操练，上衣一脱，他的背部就是最佳的“活动广告牌”了。这时，刺上“尽忠报国”四个大字，小兵看到统帅这么high，自己能不跟着热血奔腾吗?

更何况，阅兵时如果皇帝坐在前面，岳飞背向皇帝指挥军队。上衣这么一脱，背上“尽忠报国”的刺青既低调又优雅地对元首宣誓效忠，这在长官心目中留下的印象恐怕不是任何其他方式能够比拟的。

有人觉得我不应该以小人之心度君子之腹，诬赖岳飞刺字有拍上司马屁的嫌疑。但话说回来，将领在外打仗，能利用背部的广告牌效应，适度地对部属、对上司做思想工作，我觉得其实是很务实的。

否则，只是为了惕厉自己的话，大可刺在手臂、腿这些自己看得到的地方才对。万一有人嫌手臂、腿部的面积不够，还可以刺在胸膛上。只是，真要刺在胸膛，受限于脖子的长度，自己不容易看到全貌。这时候，就建议考虑肚子了。

不但如此，刺的时候最好还要倒着刺，如此一来，岳飞只要一低头，立刻可以看到惊心动魄的四个大字，那可就够呛又够惕厉了!

# 相反猫

不晓得为什么，在我们家，唱反调叫“相反猫”。更神奇的是，“相反猫”可以当动词、形容词、名词，像这样：

雅丽：我觉得你根本就是故意相反猫的。

我：我哪有？

雅丽：你哪没有？你最喜欢相反猫了，你很相反猫，我最讨厌你变成相反猫了。

我：等一下，我不明白，为什么是相反猫，不是相反狗？

雅丽：你又来了。像你现在这样的行为就是相反猫。

我：我哪有相反猫？我是在问你问题，而你根本没有回答我的问题。

雅丽：我为什么要回答你的问题？我太了解你的诡计了，我回答你的问题就被你控制议题了。你不要转移话题，现在的话题是：我最讨厌你变成相反猫，跟狗一点关系也没有。我们就相反猫这件事讨论，好不好？

我：我要你回答问题，你偏偏不回答问题，你看，你的行为也

我不是相反猫，你才是相反猫，汪汪汪……
说你相反猫，你就是相反猫，喵喵喵……

是相反猫。如果要讨论相反猫的话，那就来讨论为什么你也是相反猫。

雅丽：你看，你又在相反猫了。

我：我不是相反猫，你才是相反猫好不好，汪汪汪……

雅丽：你看，说你相反猫，你就是相反猫，喵喵喵……

我：我不是相反猫，汪汪汪……

雅丽：你是，喵喵……

我：汪汪汪……

雅丽：喵喵喵……

# 跋

6

# 跋

“啊，结束了？”

很多看过初稿的编辑、读者、记者都曾这样问过我。

我心想，不会吧。

有没有这样的经验？当我们注意或学会新事物时，那些新事物就会常常在我们的生活中出现。比方说，新学会一个单字之后，我们就会常常在文章里读到；或者，惊奇地发现有着黄脖子的漂亮水鸟叫水雉，在那之后，水雉就常常现身于报纸、媒体或朋友的谈话里了。

真的很奇怪，过去从没有在生命中出现的事物、感觉，一旦辨识了，感受了，它就会一而再，再而三地在我们生活的周遭出现。

有次参加婚礼，上最后一道菜时，主人派人来告诉宾客，结束后不要道别，只要安静地走出餐厅就好。

用完最后一道菜，果真没有人送客、发喜糖，也没有人互相道别，所有的宾客就这样安静地走出餐厅，仿佛我们只是暂时去做点什么事，宴会还在持续着。

那时候，我想起了当年参加我的婚礼的长辈，外公、外婆、伯父、姨父……尽管好几位长辈已经过世，可是不知道为什么，想起他们时，一种温暖的感觉就会油然而生，觉得他们一直都在我们的生命里，从来没有离去。我很喜欢那样的感觉，所谓“天下没有不散的筵席”。但换个角度说，在幸福、关怀的世界里，天下也没有散了的筵席。

所以，翻过最后一页之后不要告别，也不要说再见。诸如欢笑、快乐、将心比心、种种美好，一旦交会，就会一直存在，并且持续下去。

筵席不散。因为我们知道，在这样的氛围里，我们还要一再相遇。

筵席不散，在这样的氛围里，我们会一再相遇。

**图书在版编目（CIP）数据**

我就是忍不住笑了 / 侯文咏著 . -- 北京：九州出版社，2014.4
ISBN 978-7-5108-2875-1

Ⅰ . ①我… Ⅱ . ①侯… Ⅲ . ①杂文集 - 中国 - 当代
Ⅳ . ① I267.1

中国版本图书馆 CIP 数据核字 (2014) 第 068044 号

**版权登记号：01-2014-2189**

本书由皇冠文化集团授权
本书限于中国大陆地区发行，不得销售至港、澳及任何海外地区

**我就是忍不住笑了**

作　　者　侯文咏　著
出版发行　九州出版社
出 版 人　黄宪华
地　　址　北京市西城区阜外大街甲 35 号（100037）
发行电话　（010）68992190/2/3/5/6
网　　址　www.jiuzhoupress.com
电子信箱　jiuzhou@jiuzhoupress.com
印　　刷　廊坊市兰新雅彩印有限公司
开　　本　880 毫米 ×1230 毫米　32 开
印　　张　8
字　　数　162 千字
版　　次　2014 年 5 月第 1 版
印　　次　2014 年 5 月第 1 次印刷
书　　号　ISBN 978-7-5108-2875-1
定　　价　35.80 元

**《人与土地》（增补本）** 阮义忠 著

《人与土地》是“中国摄影教父”阮义忠最为著名的摄影系列，拍摄于1974—1986年，展现其时台湾乡村正在逐渐消逝的人情与风景，曾在国内外诸多美术馆展出并被收藏。

那时候还没有任何旅游指南，阮义忠依靠一册台湾客运路线图，走遍岛上大大小小的角落，在都市的触须探达之前，记录下乡民最朴素的日常生活。这是人与自然还亲密依存的年代，人们在土地上成长、劳作，视勤俭与坚韧为生活的信仰，又最终归宿于土地。

增补本收录了《人与土地》系列全部86幅照片，每幅配以简净文字，讲述照片背后动人的真实。在人与土地的联结已变得冰冷而遥远的今天，幸有阮义忠捕捉到的一个又一个瞬间，留给我们可供寄托的不变。

**《正方形的乡愁》** 阮义忠 著

《正方形的乡愁》是摄影家阮义忠继《人与土地》《失落的优雅》之后，又一再现20世纪70—90年代真实台湾的经典摄影。书中所有照片，都是用120相机6cm×6cm胶卷拍出来、未经裁切的影像。

在不断变化的时代，阮义忠着意寻找不变的价值，跋涉于旧日的乡土、温淡的老镇，记录下遇见的每一张纯朴面孔。80张照片及其背后文字，投递给我们那些已散落无踪的乡愁：成年对童真的乡愁，游子对家园的乡愁，车水马龙的都市对田野农耕的乡愁。黑白的正方形影像，隐藏着最深沉的情怀。

铁葫芦

铁肩担道义　葫芦藏好书